감찰관

Н.В.Гоголь

Собрание сочинений в семи томах., Т. 4.

Драматические произведения

(Москва : Художественная литература, 1967)

# 감찰관

니콜라이 고골 지음
최진희 옮김

# 5막 희극

제 낯짝 비뚤어진 줄 모르고 거울만 탓한다.

– 러시아 속담

# 차례

# 등장인물

**안톤 안토노비치 스크보즈니크-드무하놉스키** - 시장

**안나 안드레예브나** - 시장의 부인

**마리야 안토노브나** - 시장의 딸

**루카 루키치 흘로포프** - 교육감

**흘로포프의 아내**

**암모스 표도로비치 랴프킨-탸프킨** - 판사

**아르테미 필립포비치 제믈랴니카** - 자선병원장

**이반 쿠지미치 시폐킨** - 우체국장

**표트르 이바노비치 도브친스키, 표트르 이바노비치 보브친스키** - 지주들

**이반 알렉산드로비치 흘레스타코프** - 상트페테르부르크에서 온 관리

**오시프** - 그의 하인

**흐리스티안 이바노비치 기브네르** - 의사

**표도르 안드레예비치 튤류코프, 이반 라자레비치 라스타콥스키, 스테판 이바노비치 코로브킨** - 은퇴한 관리이자 시의 저명인사들

**스테판 일리치 우호베르토프** - 경찰서장

**스비스투노프, 푸고비친, 데르지모르다** - 경찰관

**압둘린** - 상인

**페브로니야 페트로브나 포실렙키나** - 철물공의 아내

**하사관의 아내**

**미시카** - 시장의 하인

**여관의 하인**

**손님들, 상인들, 시민들, 청원자들**

## 성격과 의상

-배우들을 위한 지침

**시장**은 오랫동안 관직에 근무한 사람으로 나이는 상당하나 나름 어리석지는 않은 인물이다. 뇌물수뢰자이기는 하지만 아주 신중하게 행동한다. 꽤 진지하기도 하고 심지어 이성적이기까지 하다. 목소리가 크지도 작지도 않고, 말수가 많지도 적지도 않으며 그의 말 한마디 한마디가 모두 의미심장하다. 말단직부터 힘겹게 관료생활을 시작한 사람들이 그렇듯 그의 얼굴 표정은 무례하고 뻔뻔하다. 미숙한 영혼의 사람들이 그렇듯 그의 마음은 두려움에 떨다가도 기쁨에 넘쳤다가, 비굴하다가도 거만해지는 등 시시각각 빨리도 변한다. 그는 늘 금장달린 관복을 차려 입고 박차가 달린 긴 장화를 신는다. 짧게 깎은 머리는 군데군데 새치가 보인다.

**시장의 아내 안나 안드레예브나**는 교태가 넘치는 시골 여자로 아직 중년이라기에는 젊다. 그녀가 받은 교육이라고는 소설책이나 앨범* 아니면 창고와 하녀 방에서 얻어진 것들이다. 그녀는 호기심이 매우 많았고 기회가 생길 때마다 허영을 부렸다. 남편이 그녀의 말에 제대로 대답하지 못한다는 등의 하찮은 이유로 남편에게 가끔 권력을 행사하곤 했다. 그러나 그 권력이란 것도 허접한 것들일 뿐으로 그저 잔소리하거나 조롱하는 일이 대부분이었다. 그녀는 희곡이 계속되는 동안 4번에 걸쳐 드레스를 새로 갈아입는다.

**흘레스타코프**는 마르고 호리호리한 몸매의 약 스물세 살가량의 젊은 남성이다. 한마디로 그는 좀 아둔한 인물로 사무실에서는 머저리로 불리는 그런 사람이다. 아무 생각 없이 말하고 행동한다. 그는 한 가지 일에 생각을 집중하지 못한다. 그의 말은 툭툭 끊기고 그의 입에서는 예상치 못한 단어들이 튀어나온다. 흘레스타코프 역을 맡은 연기자는 솔직하고 단순하게 보일수록 연기를 잘한다고 할 수 있다. 최신 유행의 옷을 입는다.

**흘레스타코프의 하인 오시프**는 보통 어느 정도 나이든 하인들 사이에서 흔한 인물이다. 말은 진지하게, 시선은 위에서 아래로 내리깔며, 설교를 좋아하는 사람으로 자기 주

---

* 그림이나 시 등을 적어 넣거나 사진 등을 모아놓을 수 있도록 묶어 놓은 노트. 18세기 말-19세기 초 감상주의와 낭만주의시기에 러시아에 널리 퍼진 문화적인 현상. 귀족 처녀들이 마음에 드는 시나 텍스트들을 옮겨 적는 앨범을 만들어 자신만의 내밀한 감정을 담아놓는 보관소로 활용함.

인에게 훈계를 늘어놓는 것을 즐긴다. 항상 높낮이가 없이 같은 목소리 톤으로 말하는 그는 주인과 대화할 때에는 툭툭거리며 엄하게, 심지어는 약간 무례하기까지 한 말씨를 쓸 때도 있다. 주인보다 더 영리한 그는 상황 파악이 빠르지만 말을 많이 하는 것은 좋아하지 않는 사기꾼이다. 낡아 빠진 회색 혹은 푸른색 프록코트를 입는다.

**도브친스키와 보브친스키**는 둘 다 키가 작은 땅딸보로 호기심이 무척 많은 인물이며 서로 닮았다. 둘 다 배가 약간 나왔고 둘 다 말이 매우 빨라서 몸짓과 손짓이 많은 부분을 채운다. 도브친스키는 보브친스키보다 약간 키가 더 크고 조금 더 진지한 한편, 보브친스키는 도브친스키보다 더 거리낌 없이 행동하고 더 활력이 넘친다.

**판사 랴프킨-탸프킨**은 대 여섯 권의 책을 읽은 사람이라서 어느 정도 자유사상을 가진 인물이다. 수수께끼를 몹시 즐기는 인물로 자신의 말 한마디 한마디에 의미를 부여한다. 이 역을 연기하는 사람은 항상 얼굴에 의미심장한 표정을 유지해야 한다. 오래된 시계가 쉬쉬거리다가 뜸을 들인 후 시간을 알리는 것처럼 거친 숨소리가 섞인 쉰 목소리로 발음을 약간 길게 빼면서 낮은 목소리로 말한다.

**자선병원장 제믈랴니카**는 몹시 뚱뚱하고 동작이 굼뜬 인물로 못생겼다. 어디나 잘 끼어드는 교활한 사기꾼이다. 아부를 잘하고 부산스러운 인물이다.

**우체국장**은 순진하리만치 사람 좋은 인물이다.


나머지 배역들은 특별한 설명이 필요 없다. 그들의 본보기가 되는 인물들은 우리 주변에서 쉽게 만날 수 있다.

배우들은 특히 마지막 장면에 주의를 기울여야 한다. 마지막 대사는 갑자기 한 순간 모든 사람들에게 전기에 감전된 듯한 충격을 주어야만 한다. 모든 배우들은 눈 깜짝 할 사이에 상황을 변화시켜야만 한다. 당혹감이 가득한 목소리가 마치 한 사람의 가슴속에서 터져 나오듯 모든 여성들의 입에서 동시에 터져 나와야 한다. 이러한 지침들을 지키지 않는다면 모든 효과는 사라질 것이다.

# 제 1막

## 시장 저택의 방


## 1장

시장, 자선 병원 원장, 교육감, 판사, 경찰서장, 의사, 경찰관 두 명.


**시장** 내가 이렇게 여러분을 모신 것은 다름이 아니라 몹시 좋지 않은 소식을 전하기 위해서입니다. 우리 시에 감찰관이 옵니다.

**암모스 표도로비치** 감찰관이라니요?

**아르테미 필립포비치** 감찰관이요?

**시장** 페테르부르크에서 감찰관이 몰래 온답니다. 비밀 명령서까지 가지고요.

**암모스 표도로비치** 아니, 이럴 수가!

**아르테미 필립포비치** 한동안 걱정거리가 없다 했는데 이렇게 됐군요!

**루카 루키치** 세상에! 비밀 명령서까지 가지고 온다니!

**시장** 왠지 그런 예감이 들었습니다. 지난밤 내내 엄청나게 큰 들쥐 두 마리가 꿈에 나왔습니다. 사실 그런 쥐들은 이제껏 한 번도 본적이 없답니다. 비정상적으로 커다란 몸집의 검은 쥐였어요! 내게 다가와서 냄새를 맡더니 멀리 가버렸지요. 여기 여러분께 편지를 읽어 드리겠습니다. 이 편지는 아르테미 필립포비치도 알고 있는 안드레이 이바노비치 치미호프가 보내 온 겁니다. '사랑하는 친구이자 대부인 은인에게……. (눈으로 먼저 훑어보면서 작은 목소리로 웅얼거린다.) 자네에게 알려줄 말이 있네.' 아! 바로 여깁니다. '아무튼 서둘러 자네에게 알려줄 말은 현 전체, 특히 우리 시를 잘 살피라는 특별 명령서를 지닌 관리가 도착할 거라는 말일세. (손가락을 위로 높이 올린다.) 개인적인 자격으로 알려준 터이지만 가장 믿을 만한 사람들에게서 얻은 정보라네. 다른 사람들 모두 그렇듯 자네도 지은 죄가 있다는 것을 내가 알지. 그러니 자네 같이 영리한 사람이 손안에 흘러 들어온 기회를 헛되이 놓치지는 않겠지…….' (말을 멈춘다.) 여기로군……. '조심하시게. 언제든 그가 도착할 수 있으니. 아니면 벌써 도착해서 어디선가 익명으로 머물고 있을지도 모르지……. 어제 나는…….'

그 다음은 가정사에 관련된 부분이군요. '안나 키릴로브나 누이가 우리 집에 남편과 함께 왔다네. 이반 키릴로비치는 몸이 많이 불었더군. 그래도 바이올린을 연주했지…….' 아무튼. 상황이 이런 지경입니다!

**암모스 표도로비치** 그렇군요. 보통 일이 아니네요, 정말 큰 일이군요. 무언가 이유가 있을 겁니다.

**루카 루키치** 안톤 안토노비치, 도대체 이유가 뭐랍니까? 무엇 때문에 우리 시에 감찰관이 오는 걸까요?

**시장** 이유요? 그저 운명이겠지요! (한숨을 쉰다.) 지금까지는 운이 좋아서 다른 도시로만 갔겠지요. 드디어 우리 차례가 온 겁니다.

**암모스 표도로비치** 안톤 안토노비치, 제 생각에 이 문제에는 민감하면서 보다 정치적인 원인이 있는 것 같습니다. 무슨 말이냐면 러시아는……. 음……. 언제나 전쟁을 원하고 내각은, 보시다시피, 변절자들을 찾아내기 위해서 관리를 보낸 겁니다.

**시장** 말도 안 되는 소리지요. 그래가지고 어디 머리 좋은 사람이라고 할 수 있겠습니까! 이런 지방 도시에 무슨 변절자가 있다는 말입니까! 여기가 무슨 국경 도시도 아니고! 예서 삼 년을 내달린다고 해도 다른 나라 땅에는 못갑니다.

**암모스 표도로비치** 아니지요. 제가 말씀드리지요. 시장님은 그…… 그러니까 그게…… 시장님이…… 잘못 알고 계십니다. 당국은 그런 일에는 빈틈이 없답니다. 사실 이렇게 먼 곳까지 올 필요는 없었지만, 뭔가 꿍꿍이가 있는 거예요.

**시장** 그러든 말든, 아무튼 여러분, 나는 여러분들에게 미리 알려 드렸습니다. 조심하세요. 나는 몇 가지 조치를 이미 해 두었습니다. 그러니 여러분도 대비하도록 하세요. 특히 아르테미 필립포비치, 당신! 그 관리는 분명 당신이 관할하는 자선병원을 우선적으로 조사하고 싶어 할 겁니다. 그러니 당신은 만사 걱정 없도록 철저히 준비하세요. 환자모자도 청결하게 하고, 환자들도 집 안에서나 하는 차림으로 다니는 대장장이처럼 보이지 않도록 말이에요.

**아르테미 필립포비치** 뭐, 그런 일은 큰 문제도 아니지요. 깨끗한 모자를 씌우도록 하지요.

**시장** 좋습니다. 그리고 병상 마다 병명을 모두 라틴어나 다른 외국어로 써 놓는게 좋겠는데……. 아, 이런 일은 흐리스티안 이바노비치, 당신이 할 일이네요. 누가, 언제, 몇 월 며칠에 병이 났는지……. 그런데 당신네 환자들은 독한 담배를 너무 피워요. 병실에 들어서면 다들 재채기를 하지 않소! 좋지 않아요. 그리고 환자 수가 좀 적으면 더 좋을 것 같습니다. 그렇지 않으면 곧바로 환자 관리가 소홀하다느니, 의사가 무능력하다며 지적을 해댈 거요

**아르테미 필립포비치** 아! 진료에 대해서라면 흐리스티안 이바노비치와 저는 나름의 방책이 있습니다. 그건 바로 자연에 가까울수록 더 좋다는 논리입니다. 우리는 값비싼 약들을 쓰지 않아요. 인간은 단순합니다. 만일 죽게 될 운명이면 죽는 겁니다. 그렇지 않고 건강을 회복할 운명이라면 또 건강해지겠지요. 흐리스티안 이바노비치가 환자들이 알아듣기 쉽도록 설명하기는 어렵습니다. 이 사람은 러시아어를 한마디도 못하거든요.

**흐리스티안 이바노비치는 '이'같기도 하고 '예'같기도 한 소리를 낸다.**

**시장** 암모스 표도로비치, 당신도 법원에 신경을 쓰시라고 충고하고 싶군요. 청원자들이 드나드는 법원 대기실에서 수위가 거위와 새끼 거위들을 기르더군요. 거위들이 여기 저기 발밑을 돌아답니다. 물론 가사를 돌보는 일은 누구든 칭찬받을 만하지요. 수위라고 그러지 말란 법은 없지요. 다만 아시다시피 장소가 적합하지

않다는 것입니다……. 나는 전에도 이 문제에 대해 말하고 싶었는데, 어쩌다보니 잊어버리고 말았네요.

**암모스 표도로비치** 오늘 당장 거위들을 부엌으로 쫓아 보내도록 하겠습니다. 괜찮으시면 점심을 드시러 오시겠습니까?

**시장** 그뿐 아니라 온갖 쓰레기를 법정에서 말리고 서류함 위에는 사냥 채찍이 보이던데, 좋지 않아요. 당신이 사냥을 즐기는 것은 알지만, 잠시 채찍을 치워두는 게 좋겠습니다. 감찰관이 가고 난 후에 다시 채찍을 꺼내 놓던가하고. 그리고 배심판사 말인데……. 그 사람이 전문가이기는 하지만 어쩌나 냄새가 나는지 화주양조장에서 막 나온 것 같아요. 좋지 않아요. 오래전부터 이 말을 당신에게 하고 싶었는데 기억나지는 않지만 뭔가 정신이 다른 곳에 가 있었던 것 같소. 만약 당사자 말처럼 태어날 때부터 그런 냄새가 난 것이라 해도 양파나 마늘, 뭐 다른 걸 먹어 보라고 권해 볼 수도 있을 테니 말이오. 그땐 흐리스티얀 이바노비치가 여러 가지 약으로 도움을 줄 수 있을 겁니다.

**흐리스티얀 이바노비치는 좀 전의 그 소리를 또 낸다.**

**암모스 표도로비치** 아닙니다. 그 냄새를 없애는 건 불가능합니다. 그 사람 말이, 어릴 적에 유모가 그에게 상처를 입혔답니다. 그 이후로 보드카 냄새가 조금씩 나기 시작했답니다.

**시장** 어쨌든 나는 여러분들에게 말을 전했습니다. 내부 단속이라거나 안드레이 이바노비치가 편지에서 말한 사소한 잘못에 대해서라면 나도 할 말이 없어요. 이런 말을 하는 게 이상한 일이지요. 죄 없는 사람이 어디 있겠습니까? 이는 신의 섭리입니다. 볼테르를 따르는 자유주의자들이나 이를 인정하지 않지만 부질없는 짓입니다.

**암모스 표도로비치** 안톤 안토노비치, 거기서 말한 사소한 잘못이 뭘까요? 잘못도 천차만별 아니겠습니까? 여러분들께 공개적으로 말씀드립니다. 네, 저는 뇌물을 받습니다. 그렇지만 그 뇌물이란 게 뭔지 아십니까? 보르조이* 강아지랍니다. 뇌물이라고 할 수도 없어요.

**시장** 뭐, 강아지건 뭐건 뇌물은 뇌물입니다.

**암모스 표도로비치** 아닙니다, 안톤 안토노비치. 예를 들면 말이지요, 어떤 사람은 뇌물로 5백 루블짜리 모피코트를 받았고 그 부인이 받은 스카프는 ⋯⋯.

---

\* 러시아산 사냥개의 일종 - 역주

**시장** 그래서 당신이 보르조이 강아지를 받은 일이 무슨 뇌물이라는 겁니까? 그 대신 당신은 하느님을 믿지도 않고 교회를 다니지도 않습니다. 적어도 나는 신심은 깊습니다. 일요일마다 교회에 갑니다. 그렇지만 당신은……. 아, 내가 좀 당신을 알지요. 세계창조에 대해 당신이 말하기 시작하면 그저 머리칼이 곤두섭니다.

**암모스 표도로비치** 사실 그건 제 머리로 자연스럽게 통달한 것이지요.

**시장** 글쎄, 어떤 경우에는 머리가 좋은 것이 나쁜 것보다 더 좋지 않기도 하지요. 아무튼 나는 법원 관련해서 언질을 주었습니다. 솔직히 말하면 그런 곳에 한번이나 눈길을 준 사람이 있었나요? 법원은 이미 신께서 손수 보우하시는 그런 부러운 곳입니다. 그렇지만 루카 루키치, 당신은 교육감으로서 특히 선생들에게 신경 써야 할 겁니다. 선생들이란 물론 배운 사람들이고 다양한 전문학교에서 교육을 받았겠지요. 그런데 그 사람들이 학자인 척하며 아주 기이한 행동을 한다 이 말입니다. 예를 들면 그중 한 사람, 왜 그 얼굴이 통통한 선생 말입니다……. 성은 생각나지 않는군요. 아무튼 그 선생은 교단에 서면 항상 이렇게 얼굴을 찌푸리더군요. (얼굴을 찌푸리는 시늉을 한다.) 그런 다음 손으로 넥

타이 부근의 턱수염을 쓰다듬기 시작합니다. 물론 학생들에게 그런 낯짝을 내밀 때는 별 문제가 아니지요. 그럴 필요가 있을 지도 모르지요. 내가 왈가왈부 할 일은 아닙니다. 그렇지만 당신도 생각해보세요. 만약 그 선생이 방문객에게 그런 모습을 보인다면 어떻게 하시겠습니까? 아주 좋지 않을 수 있습니다. 감찰관이나 아니면 다른 누군가는 이것이 본인들 때문이라고 여길 수도 있습니다. 그렇게 되면 어떤 일이 벌어질지 아무도 모르는 것입니다.

**루카 루키치** 그렇지만 어쩌겠어요? 한두 번 말해 본 것이 아니랍니다. 얼마 전에도 우리 귀족회의 대표님께서 방문하셨을 때 그 사람이 내가 한 번도 본적 없는 그런 낯짝으로 우리를 맞이하더군요. 선생 입장에서는 선의에서 그런 것이지만 귀족회의 대표님은 나를 질책하더란 말이지요. 왜 자유사상을 청소년들에게 주입하고 있냐면서 말이지요.

**시장** 당신에게 하고 싶은 말이 또 있는데 말입니다. 그 역사 선생에 대한 것입니다. 분명 똑똑한 사람인 것 같은데 수업시간에 제정신을 잃을 정도로 열을 내더군요. 한 번은 내가 그의 수업을 들었는데 아시리아인과 바빌로니아인들에 대해 말할 때까지는 별 문제가 없었습니다. 그런데 마케도니아의 알렉산드로스 대왕에 대한 말을 시작하면서부터는 차마 말로 표현할 수 없는 행동을 하더군요. 나는 불이 난 줄 알았습니다. 세상에! 연단에서 뛰어 내려 의자를 집어 들더니 바닥에 내려치더군요. 마케도니아의 알렉산드로스 대왕이야 물론 대단한 영웅이지만, 의자는 왜 부숩니까? 국고 손실이에요.

**루카 루키치** 맞습니다. 그 사람 성질이 불같아요! 내가 벌써 여러 번 주의를 주었는데⋯⋯. 그러면 그는 '그렇게 말하서도 저는 학문을 위해서라면 목숨도 내놓겠습니다.'라고 대답하더군요.

**시장** 그것이 바로 설명하기 어려운 운명의 법칙입니다. 머리 좋은 인간이란 알코올중독자거나 성인이나 돼야 참아 줄 수 있는 그런 낯짝의 인간들이지요.

**루카 루키치** 학교에서 근무하지 않기만을 바랄뿐이지요! 모든 게 걱정입니다. 매사에 간섭하고 자신이 똑똑한 인간이라는 걸 만나는 사람마다 과시하고 싶어 합니다.

**시장** 그건 아무것도 아닙니다. 익명 감찰이라니! 저주받을! 갑자기 들이닥쳐서는 '아, 여기 계셨군요! 여기 누가 판사이십니까?'하고 물으면 '랴프킨-탸프킨입니다'라고 대답하겠지요. '그렇다면 랴프킨-탸프킨을 여기로

데려 오십시오! 자선기관 후견인은 누구십니까?'라고
또 물으면 '제믈랴니카입니다'하고 대답하겠지요. 그
러면 또 '제믈랴니카를 데려오시지요!' 할거에요. 이렇
게 되면 정말 골치 아픕니다!

## 2장

1장과 같은 인물들과 우체국장.

**우체국장** 여러분, 말씀 좀 해 보세요! 대체 어떤 관리가 온다
는 말입니까?

**시장** 아무 소문도 못 들으셨습니까?

**우체국장** 표트르 이바노비치 보브친스키에게 들었습니다.
조금 전 우리 우체국에 왔다 갔거든요.

**시장** 그래, 이 일에 대해 어찌 생각하십니까?

**우체국장** 어떻게 생각하나구요? 터키와 전쟁을 시작하려는
가 했지요.

**암모스 표도로비치** 내 말이 그 말에요! 나도 그렇게 생각했
어요.

**시장** 두 사람 모두 잘못 보셨습니다!

**우체국장** 아니오, 터키와의 전쟁이 맞습니다. 이 모든 게 프랑스인들 때문입니다.

**시장** 대체 터키와 무슨 전쟁을 한다는 겁니까! 터키가 아니라 우리 형편만 나빠질 겁니다. 그건 분명한 사실입니다. 이와 관련된 문서가 있어요.

**우체국장** 만약 그게 사실이라면 터키와 전쟁은 일어나지 않겠군요.

**시장** 그런데 이반 쿠지미치, 당신은 어떻게 생각하십니까?

**우체국장** 저 말씀이십니까? 안톤 안토노비치, 시장님은 어찌 생각하시는지요?

**시장** 나요? 나야 뭐 겁날 게 있겠습니까마는 그저……. 상인들과 시민들이 신경 쓰일 뿐입니다. 그들이 나를 불쾌하게 여긴다는군요. 내가 그 인간들을 좀 뜯어먹었다해도 미워서 그런 건 절대 아닌데 말이지요. 그런데 말입니다, (우체국장과 팔짱을 끼고 한쪽 편으로 데려간다.) 혹시 누가 나를 밀고한 것은 아닌가 하는 의심이 든다는 말이지요. 도대체 우리 도시에 감찰관이 왜 오단 말입니까? 이반 쿠지미치, 좀 들어봐요. 우리 모두를 위해 당신이 우체국을 거치는 모든 편지를, 그러니까 조금 개봉을 해서 읽어 본다든지 할 수는 없을까요? 그 편지가 밀고장인지 아니면 보통 편지인지 알 수 있을 테니 말입니다. 밀고장이 아니라면 다시 봉투를 붙이면 되지요. 뭐, 그냥 그대로 개봉된 채로 편지를 전달할 수도 있고요.

**우체국장** 알겠습니다. 그런데…… 가르쳐주실 필요도 없습니다. 지금도 감시가 아니라 호기심 때문에 그렇게 하고 있습니다. 세상이 어떻게 돌아가는지 정말 궁금하거든요. 그거야말로 진정 흥미로운 독서라고 할 수 있습니다. 어떤 편지는 흡족한 마음으로 읽습니다. 여러 가지 예기치 못한 사건들이 묘사되어 있지요……. 교훈이라는 측면에서 보면……. 《모스크바 통보》보다도 훨씬 훌륭합니다!

**시장** 그렇다면 혹시 페테르부르크에서 온다는 어느 관리 이야기는 한 번도 읽은 적이 없습니까?

**우체국장** 아니요, 페테르부르크에 대한 것은 없었어요. 그런데 코스트로마와 사라토프 지역 이야기는 많았습니다. 시장님이 편지를 직접 읽어보지 못하신 것이 안타까울 따름입니다. 아주 멋진 구절들이 있답니다. 바로 얼마 전에도 육군 중위 한명이 지인에게 보내는 편지에 아주 경박한 무도회에 대해 매우 훌륭하게 묘사했더군요. '친구! 내 인생은 천상을 날고 있다네. 아가씨들은 많고, 음악은 흐르고, 깃발은 춤추고…….' 대단히 감성적인 표현들이었지요. 그 편지는 일부러 보관하고 있답니다. 한번 읽어 드릴까요?

**시장** 지금은 그럴 때가 아닙니다. 이반 쿠지미치, 만일 우연히 고소장이나 밀고장을 보게 되거든 아무 생각 말고 그냥 보관해 두세요. 부탁합니다.

**우체국장** 네, 물론이지요.

**암모스 표도로비치** 조심하세요, 언젠가 당신이 이 일 때문에 벌을 받게 될 수도 있어요.

**우체국장** 에이, 그러면 안 되지요!

**시장** 괜찮아요, 괜찮습니다. 당신이 이 일을 세상에 공개한다면 모르겠지만, 이건 그저 우리끼리만 알고 있는 일이니까요.

**암모스 표도로비치** 정말 좋지 않은 일이군요! 안톤 안토노비치, 고백하자면 사실 시장님께 강아지 한 마리를 선물하려고 온 겁니다. 시장님께서도 잘 알고 계시는 수컷과 남매지요……. 시장님께서도 체프토비치가 바르호빈스키에게 맞소송을 벌였다는 소식을 들으셨겠지요? 그 덕에 내가 호사를 하게 생겼어요. 그 두 사람 영지에서 토끼 사냥을 할 수 있다니까요.

**시장** 지금은 당신의 토끼사냥 이야기 같은 것은 들리지도 않아요. 내 머리 속은 저주받을 익명의 감찰관 생각으

로 가득 차 있습니다. 언제라도 갑자기 문이 열리면서
느닷없이…….


# 3장

2장에 등장한 인물들,

보브친스키와 도브친스키 두 사람이 숨을 헐떡이며 동시에 들어온다.


**보브친스키** 비상입니다!

**도브친스키** 예기치 못한 소식이에요!

**모두** 무슨, 무슨 일입니까?

**도브친스키** 생각도 못한 일이에요. 우리가 여관에 갔는
데…….

**보브친스키** (끼어든다.) 표트르 이바노비치와 여관에…….

**도브친스키** (끼어든다.) 에이, 표트르 이바노비치, 내가 말할
거요.

**보브친스키** 에이, 아닙니다. 내가 먼저…….  내가 할게요, 내
가…….  당신은 말도 잘 못하지 않소.

**도브친스키** 당신은 말하다가 늘 샛길로 빠지고, 제대로 기억
도 못하잖아요.

**보브친스키** 확실히 기억해요, 기억하고말구요. 방해하지 마
요, 내가 말할 테니 방해나 하지 말라고요! 여러분, 표
트르 이바노비치에게 방해하지말라고 제발 말 좀 해
주세요.

**시장** 어서 말해 봐요, 어서. 무슨 일입니까? 심장이 다 떨리
네. 앉읍시다, 여러분! 자리에 앉으세요! 표트르 이바
노비치, 여기 의자에 앉으시지요.

**모두가 두 표트르 이바노비치 근처에 둘러앉는다.**

그래, 무슨 일입니까?

**보브친스키** 잠깐 기다려주세요. 제가 전부 순서대로 말할 테
니. 여러분이 치미호프씨가 보낸 편지 때문에 놀라고
계시는 동안 저는 여기서 나가……. 표트르 이바노비
치, 제발, 내 말을 끊지 마세요! 내가 모조리 다 안다고
요. 여기 보세요, 제가 코로브킨한테 뛰어 갔거든요.
그런데 코로브킨이 집에 없어서 다시 라스타콥스키에
게 갔지요. 그런데 라스타콥스키도 만나지 못해서 이
반 쿠지미치에게 들렸습니다. 시장님께서 알려 주신
소식을 전하려고요. 그 집에서 나오는 길에 표트르 이
바노비치를…….

**도브친스키** (끼어든다.) 피로그*를 파는 가게 근처였어요.

**보브친스키** 피로그를 파는 가게 근처였어요. 표트르 이바노비치와 만나자 그에게 '안톤 안토노비치가 믿을 만한 사람에게 받았다는 편지 이야기를 들으셨는지요?'하고 물었죠. 그러자 표트르 이바노비치도 이미 시장님 댁 창고관리인인 아브도티야에게서 그 소식을 들었다고 하더군요. 무슨 이유에서인지는 모르지만 아브도티야는 필립 안토노비치 포체추예프 집에 심부름을 가던 중이었다더군요.

**도브친스키** (끼어든다.) 프랑스산 보드카를 담을 통을 가지러 간 겁니다.

**보브친스키** (두 손을 젓는다.) 프랑스산 보드카를 담을 통을 가지로 간 거립니다. 그렇게 표트르 이바노비치와 함께 포체추예프에게 갔습니다……. 표트르 이바노비치……. 끼어들지 마세요, 제발 방해하지 마시라고요!.. 포체추예프에게 가던 길에 표트르 이바노비치가 '여관에 좀 들렀다 가시죠. 위에서 신호가……. 아침부터 아무것도 먹지 못했어요, 위에 지진이 났습니다…….'하고 말했어요. 아니나 다를까 표트르 이바노비치의 배에서 꼬르륵 소리가 나더군요. '얼마 전 신선

---

* 러시아식 만두 - 역주

한 연어를 들여왔다던데 먹고 갑시다.'하더라고요. 그
래서 여관에 막 들어섰는데, 갑자기 어떤 남자가…….

**도브친스키** (끼어든다.) 나쁘지 않은 외모에 사복을 입
은…….

**보브친스키** 나쁘지 않은 외모에 사복을 입은 사람이 이렇게
방안을 서성이면서 뭐가 심사 숙고중인 듯한 표정을
짓고 있었어요. 안색도 좀 그렇고……, 행동거지도, 여
기도 (이마께로 손을 올리고 휘휘 돌린다.) 뭔가, 있어 보였
습니다. 순간 짐작 가는 구석이 있어서 표트르 이바노
비치에게 말했지요. '여기 무언가가 있는 것 같아요.'
맞습니다. 표트르 이바노비치가 손짓을 보내 여관 주
인 블라스를 불렀지요. 그의 아내가 3주일 전에 아이
를 낳았어요. 얼마나 튼실한지 나중에 크면 자기 아버
지처럼 여관을 잘 운영할 겁니다. 블라스를 부른 표트
르 이바노비치가 조용히 물었지요. '저 젊은이는 누군
가?' 그런데 블라스가 이렇게 대답하더군요. '이 사람
은…….' 에이, 끼어들지 마세요, 표트르 이바노비치,
제발, 방해하지 마시라고요. 당신은 설명도 잘 못하지
않소. 절대 안 된다고요. 발음도 새지 않소. 이가 하나
밖에 없어서 바람소리가 난다니까……. '저 사람은 페
테르부르크에서 온 관리라던데요. 이름은 이반 알렉

산드로비치 흘레스타코프랍니다. 사라토프 지방으로 가는 길이라던데 행동이 아주 수상합니다. 벌써 두 주째 머물고 있는데 여관 밖으로 나가지도 않고, 모든 걸 외상으로 달아 놓을 뿐 돈을 내려고 하지도 않습니다.' 그 말에 저는 바로 계시를 받았습니다. '아이고!' 하고 표트르 이바노비치에게 말했어요…….

**도브친스키** 아니지요, 표트르 이바노비치, '아이고!'라고 말한 건 당신이 아니라 납니다.

**보브친스키** 처음에는 당신이 말했고 그 다음에는 내가 했소. '아이고!' 표트르 이바노비치와 내가 이렇게 말했지요. '사라토프 지방으로 가야 한다면서 무슨 까닭에 여기 머물고 있을까?' 그렇습니다. 바로 그자가 그 관리입니다.

**시장** 누구? 어떤 관리를 말하는 거요?

**보브친스키** 편지에 쓰여 있던 그 관리, 감찰관 말입니다.

**시장** (공포에 떤다.) 말도 안 되는 소리! 그럴 리가 없어요.

**도브친스키** 그자가 맞습니다! 숙박비도 내지 않고 밖을 나다니지도 않아요. 그 사람이 감찰관이 아니라면 누구겠습니까? 게다가 역마권에는 사라토프 행으로 되어 있었습니다.

**보브친스키** 확실히 그 사람입니다. 그 관리가…… 정말 주의

깊게 관찰을 하더군요. 세세히 둘러보더군요. 표트르 이바노비치와 내가 연어를 먹는 깃도 살피더군요. 그러니까 표트르 이바노비치가 배 속이 꼬르륵거린다고 해서 먹긴 했는데……. 그 사람이 우리 접시를 뚫어져라 쳐다보는데, 정말이지 무서워 죽는 줄 알았습니다.

**시장** 하느님, 우리 죄인들을 굽어살피소서! 그자가 몇 호실에 머물고 있답니까?

**도브친스키** 계단 아래 5호실이요.

**보브친스키** 지난해 뜨내기 장교들이 싸움을 벌였던 바로 그 방 말입니다.

**시장** 그자가 여기 온지는 얼마나 되었답니까?

**도브친스키** 벌써 두 주는 되었답니다. 이집트인 성 바실리 축일*에 왔답니다.

**시장** 두 주라니! (방백) 하느님 맙소사! 성자님들, 굽어살피소서! 지난 두 주 동안 하사관 부인은 채찍을 맞았고 죄인들은 식량을 배급 받지 못했는데! 거리는 선술집처럼 지저분하기 짝이 없는데! 이게 무슨 창피야! 이 수치를 어떻게 하지! (두 손으로 머리를 쥐어뜯으며)

**아르테미 필립포비치** 안톤 안토노비치, 어떻게 하지요? 격식을 갖춰서 여관으로 찾아 갈까요?

---

\* 고골이 꾸며낸 가공의 성인 - 역주

**암모스 표도로비치** 아니지요, 아닙니다! 먼저 시장님이 방문을 하시고, 그다음에는 성직자들, 그러고 나서 상인들 순서로 방문을 합시다. 〈프리메이슨 요한 행전〉에 그렇게 나와 있습니다…….

**시장** 아니, 아닙니다. 내가 알아서 하겠습니다. 살다보면 어려운 일이 생기기도 합니다. 내리막길이 있는가 하면 감사하게도 오르막길도 있는 법이지요. 이번에도 주님께서 보살펴 주시리라 믿습니다. (보브친스키를 바라본다.) 그 사람이 젊다고 했지요?

**보브친스키** 네, 젊어요, 스물서넛쯤.

**시장** 그거 다행이군요. 젊은 사람들의 속내는 더 빨리 알 수 있는 법이지요. 늙은 악마였다면 큰 불행이었을 텐데, 젊은 녀석이니 모든 것이 겉으로 다 드러날 것입니다. 여러분들은 각자의 자리에서 준비하세요. 나는 혼자서, 아니면 여기 있는 표트르 이바노비치라도 데리고 가보겠습니다. 여행객이 불편을 겪고 있지는 않은지 살펴보기 위해 산책 삼아 다녀오지요. 어이, 스비스투노프!

**스비스투노프** 명령만 내려 주십시오.

**시장** 지금 당장 경찰서장을 불러 오게. 아니야, 자네는 나와 함께 가야 하니 다른 사람을 보내서 가능한 빨리 경찰서장을 이리로 오라고 전하게. 그리고 다시 오게.

**경찰관이 황급히 뛰어 나간다.**

**아르테미 필립포비치** 갑시다, 암모스 표도로비치, 어서 가
요! 이러다 정말 봉변당하겠어요.

**암모스 표도로비치** 당신은 뭐가 무섭다고 그러십니까? 환자
에게 깨끗한 모자를 씌우면 그만이지 않습니까!

**아르테미 필립포비치** 모자가 다 뭡니까! 환자에게는 귀리수
프를 제공하도록 되어 있는데 우리 병원 복도에는 양
배추 냄새만 진동을 합니다.

**암모스 표도로비치** 그리고 보면 나는 걱정이 없어요. 사실
누가 지방 법원에 들르겠습니까? 만일 서류라도 한 장
들여다보았다간 평생 좋은 일이 없을 거예요. 벌써 15
년을 법원의자에 앉아 있는 나도 문서를 보기만 하면
두 손을 내젓고 맙니다. 솔로몬 왕이라도 뭐가 진실이
고 뭐가 거짓인지 판단하지 못할 걸요.

**판사, 병원장, 교육감, 우체국장이 나가려는 차에 문 앞에서
되돌아오던 경찰관 스비스투노프와 마주친다.**

# 4장

**시장** 밖에 마차는 준비되었나?

**경찰관** 네, 준비됐습니다.

**시장** 나가 보게……. 아니, 잠깐만! 이리 와봐……. 다른 경찰들은 어디 있나? 자네 혼자인가? 내가 프로호로프도 이리 오라고 명령을 했는데 말이야. 프로호로프는 어디 있지?

**경찰관** 프로호로프는 경찰서에 있습니다만 업무를 볼 수 없는 상태입니다.

**시장** 무슨 소리야?

**경찰관** 아침나절에 시체처럼 늘어져 있는 그를 데려왔습니다. 물을 두통이나 퍼부었는데도 아직까지 술이 덜 깬 상태입니다.

**시장** (두 손으로 머리를 감싸 쥔다.) 하, 세상에, 이런! 빨리 나가봐. 아니지, 우선 방으로 뛰어가서 장검과 새 모자를 이리 가져와, 듣고 있나! 자, 표트르 이바노비치, 갑시다!

**보브친스키** 저기, 저는, 저도 같이……. 제발, 안톤 안토노비치!

**시장** 아니요, 안 돼요. 표트르 이바노비치, 안됩니다, 절대

안돼요! 당신까지 가면 어색해집니다. 마차에 다 탈수
도 없고요.

**보브친스키** 괜찮아요, 괜찮습니다. 저는 그냥 뛰어서 마차를
따라갈게요. 그저 문틈으로 그 사람이 어찌 나오는지
살짝 엿보기만 하겠습니다……

**시장** (장검을 받은 후 경찰관에게) 지금 당장 가서 경찰관들을
데려와. 그리고 각자 소지할 것은……. 이런! 칼에 이
가 온통 나갔군! 압둘린, 그 저주받을 장사꾼 놈! 시장
님 칼이 낡은 것을 보고도 새 칼을 보내지 않다니. 아,
교활한 놈들! 벌써 나를 비난하는 청원서를 써서 준비
해 뒀을 거야. 각자 길을 들고……. 제기랄, 길이 아니
라 빗자루를 들고 그 여관까지 가는 길을 깨끗하게 쓸
도록 해! 듣고 있나! 조심해! 자네, 자네 말이야! 자네
가 어떤 사람인지 내가 잘 알지. 거기서 꾸물거리면서
은수저를 훔쳐 장화안에다가 숨겼지. 조심해, 나는 귀
가 밝아! 상인 체르냐예프와 무슨 짓을 한 거야, 어? 체
르냐예프가 자네에게 제복 감으로 양복지 2 아르신*
을 주려고 했는데 자네는 한 필을 통째로 뺏어왔다지.
조심해! 욕심을 내도 관등에 어울리는 욕심을 내야지!
가 봐!

---

\* 구 러시아의 척도단위. 1아르신=71.12센티 - 역주

# 5장

### 같은 인물들, 경찰서장.

**시장** 아, 스테판 일리이치! 말씀 좀 해보세요. 도대체 어디에 있었습니까? 어떻게 이럴 수가 있습니까?

**경찰서장** 지금까지 내내 여기 문 뒤에 있었습니다.

**시장** 스테판 일리이치, 내 말을 들어보세요! 페테르부르크에서 관리가 도착했답니다. 어떤 조치를 취하셨나요?

**경찰서장** 그냥 시장님께서 시키신 대로 하고 있습니다. 경찰관 푸고비친을 다른 경찰들과 함께 길거리 청소하는데 내보냈습니다.

**시장** 데르지모르다는 어디 있습니까?

**경찰서장** 데르지모르다는 소방 마차를 타고 갔습니다.

**시장** 프로호로프는 술이 아직 덜 깼다고요?

**경찰서장** 그렇습니다.

**시장** 어떻게 그런 일을 묵과할 수 있습니까?

**경찰서장** 정말 모르겠습니다. 어제 도시 외곽에서 싸움이 벌어져서 질서 유지 차원에서 그곳에 갔었는데 술에 취해서 돌아 왔습니다.

**시장** 잘 들으세요. 내 말대로 하세요. 경찰관 푸고비친은…… 그는 키가 크니 질서 유지를 위해 다리 위에서 보초를 서라고 하세요. 구둣방 근처의 낡은 울타리는 서둘러 부수고, 측량하는 것처럼 보이도록 짚으로 만든 표지판을 세우도록 하세요. 혼잡할수록 도시 관리자가 왕성하게 활동한다는 뜻이니까. 이런, 세상에! 그 울타리 옆에 수레 마흔 대에 족히 실어 나를 쓰레기가 쌓여 있다는 것을 잊고 있었군. 이런 더러운 도시가 있나! 어딘가에 기념비를 세우거나 그냥 울타리라도 치면 어디에서 그런 쓰레기들을 가져다 놓는지! (한숨을 쉰다.) 그리고 수도에서 온 관리가 근무에 대해 만족하는지를 물으면 '모두 만족합니다, 나리'하고 대답할 수 있도록 지시 하세요. 불만이 있다고 말하는 사람에게는 나중에 진짜 불만이 뭔지 알려 줍시다……. 아, 아아, 아, 아! 내가 죄인이야. 여러 가지로 죄가 많아. (모자 대신 상자를 집는다.) 그가 서둘러 떠나기만을 바라야지. 그렇게만 되면 아직까지 누구도 바친 적이 없을 만큼 엄청나게 많은 초를 봉헌해야지. 간사한 상인들에게 각각 밀랍 3푸드씩을 바치라고 할테야. 오, 세상에, 세상에! 갑시다, 표트르 이바노비치! (모자 대신 종이 상자를 쓰려고 한다.)

**경찰서장** 안톤 안토노비치 시장님! 그건 모자가 아니라 상자예요.

**시장** (상자를 던진다.) 이런, 상자로구먼. 제기랄! 벌써 5년 전에 자선기관 안에 교회를 지을 기금을 받고도 아직까지 교회를 세우지 않았냐고 물어보면, 잊지 말고 '교회를 지었는데 불타버렸다'고 대답하세요. 그 일에 대해 내가 보고서도 올렸는데, 혹시라도 누군가가 내 말을 잊어버리고 교회를 짓지도 않았다고 멍청하게 말하면 큰일이니 말입니다. 데르지모르다에게도 함부로 주먹질하지 말라고 말해두세요. 질서를 유지한답시고 죄가 있건 없건 가리지 않고 눈 밑에 멍이 들도록 패니 말입니다. 갑시다, 표트르 이바노비치! (방을 나서다가 다시 돌아온다.) 아 참, 병사들이 맨몸으로 거리에 나다니지 못하도록 하세요. 그 거지같은 수비대 병사 놈들이 셔츠 위에 제복 윗도리만 입고 아래는 아무 것도 걸치지 않았더군요.

모두 퇴장.

# 6장
안나 안드레예브나, 마리야 안토노브나가 무대 위로 뛰어나온다.

**안나 안드레예브나**  다들 어디 있지? 어디 있는 거야? 어머, 세상에! (문을 열면서) 여보! 안토샤!* 안톤! (빠르게 말한다.) 모든 게 다 너 때문이야. '핀 좀, 스카프 좀'하면서 꾸물거렸잖아. (창으로 달려가 소리친다.) 안톤, 어디 가세요? 뭐라고요? 도착했다고요? 감찰관이 말이지요? 콧수염이 있다고! 어떤 콧수염 말이에요?

**시장의 목소리**  나중에, 나중에 말해줄게, 여보!

**안나 안드레예브나**  나중이요? 해줄 말이 나중이란 말뿐이지! 나는 나중이 싫어……. 그 사람이 대령인지 아닌지 한마디만 해주면 되는데. 응? (냉담한 태도로) 가 버렸어! 두고 봅시다! 이게 다 마리야 때문이야. '엄마, 엄마, 기다려주세요, 뒤쪽에서 스카프에 핀을 꽂아서 고정시켜야 해요. 금방 갈게요.' 그러더니 네가 말한 금방이 이거야! 아무것도 못 들었잖아! 그놈의 망할 허영심 때문이야. 우체국장이 와 있다는 소리를 듣더니 이리 살피고 저리 살피며 거울 앞에서 몸치장하느라 부산을 떨었으니. 이게 뭐냐고. 그이가 네 뒤를 졸졸 따라다닌다고 착각하겠지만, 그 사람은 네가 돌아보기만 하면 얼굴만 찌푸렸다고.

**마리야 안토노브나**  그래서 어쩌란 말이에요, 엄마. 어차피

---

* 안톤의 애칭 - 역주

두 시간 후면 전부 알게 될 텐데요.

**안나 안드레예브나** 두 시간이라고! 정말 감사합니다! 황공하옵게도 답을 주셨군요! 한 달 후에는 훨씬 더 잘 알게 될 거라고 말하지 그러셨어요! (창밖으로 몸을 내민다.) 어이, 아브도티야! 아? 아브도티야, 어떤 사람이 왔다는 소식 들었어? 못 들었다고? 멍청한 것 같으니! 시장님이 손을 흔들었다고? 그건 그렇다고 치고, 좀 자세히 물어봤더라면 좋았잖아. 그걸 못 알아내다니! 머릿속에는 똥만 가득 차서, 사내들 생각밖에 없으니. 뭐? 바로 떠났다고! 네가 마차 뒤를 쫓아가 봐. 어서, 가보라고! 뛰어가서 어디로 가는지 물어봐. 새로 왔다는 사람이 누군지, 어떻게 생겼는지 자세하게 물어봐, 알았어? 문틈으로 살펴서 다 알아 와. 눈동자는 검은지 어떤지. 그리고 바로 돌아와, 알았지? 서둘러, 서둘러, 서둘러, 서둘러!(막이 내릴 때까지 소리 지른다. 막이 내리면서 창문 옆에 서 있는 두 사람을 가린다.)

# 2막

여관의 작은 방. 침대, 탁자, 가방, 빈 병, 장화, 옷솔 등.

## 1장
오시프가 주인의 침대에 누워있다.

빌어먹을, 배가 너무 고파! 부대 전체가 나팔을 부는 것처럼 배에서 소리가 나네. 이러다 집에 가지도 못하겠어! 도대체 어쩌려는 건지? 페테르부르크를 떠난 지 벌써 두 달 째야! 길에서 돈을 다 탕진하더니 이제는 꼬리를 내리고 주저앉아서는 천하태평이네. 마차 삯 쯤은 남길 수도 있었을 텐데, 가는 도시마다 거들먹거리는 꼴이라니! (주인 흉내를 낸다.) '어이, 오시프, 가서 가장 좋은 방을 알아봐, 식사도 가장 좋은 걸로! 나는 형편없는 음식은 안 먹어. 가장 좋은 식사여야 해.' 사리분간이라도 하면 좋으련만, 일개 14등 관리주제에 여행객들과 인사하기 무섭게 노름판을 벌이는 것도 모자라 거덜 날 때까지는 일어나질 않으니! 아휴, 이런 생활은 이제 지긋지긋해! 시골에서 사는 게 좋지. 보는 눈도 많지 않으니 걱정거리도 적지. 마누라나 얻은 다음 만날 침상에 누워 피로그나 먹으면 얼마나 좋아. 물론 말이야 바른말이지 살기는 페테르부르크가 최고지. 돈만 있다면 말이야. 세련되고 우아한 생활을 할 수 있지. 극장에도 가고, 춤추는 강아지도 구경하고, 원하는 건 무엇이든 누릴 수 있지. 모두가 세련되고 예의바르게 말을 하니, 귀족이나 진배없지. 슈킨시장에 가보면 상인들이 '나리'하고 부르지. 나루터에서는 관리들과 함께 배도 타고 말이야. 친구가 필요하면 가게에 가지. 거기 가면 기병 장교가 전쟁터의 야영생활을 이야기해 줄 거야. 그러고는 마치 손금 보듯이 모든 별의 의미를 말해 주겠지. 장교의 늙은 부인이 가끔 들르기도 하지만 때론 예쁘게 생긴 하녀가 올 때도 있지……. 흐흐흐!(웃음 지으며 머리를 흔든다.) 제기랄, 친절도 지나치지! 무례한 언사는 절대 들을 수도 없고 모든 사람이 존칭을 쓰지. 걷기 지겨워지면 귀족처럼 마치를 잡아타고 앉아가면 돼. 마차 삯을 주기 싫으면 마음대로. 집집마다 안채로 바로 들어가는 문이 있어서 재빨리 뛰어 들어가면 귀신도 절대 찾아내지 못해. 단점이 하나 있다면 배가 터지게 먹을 때도 있지만 배가 고파 죽기 직전인 경우도 있다는 거지. 말하자면 지금처럼 말이야. 모든 게 그 인간 탓이야. 도대체 그 인간을 어쩌면 좋을까? 자기 아버지가 돈 좀 보내주면, 잠시라도 갖고 있으면 좋을 텐데. 웬걸! 그 인간, 흥청망청 놀기 바쁘지. 마차를 타고 매일 같이 극장에나 드나들더니, 아니나 달라, 일주만 지나도 새 연미복을 중고시장에 팔아오라고 한단 말이야. 한번은 마지막 셔츠까지 다 팔아 써버리고 프록코트랑 외투만 간신히 걸치고 다닌 적도 있어…… 진짜야, 맹세해! 그리고 150루블이나 주고 산 영국산 고급 연미복을 겨우 20루블에 내다 파니, 바지는 말해 뭐해. 헐값이지. 그게 다 일을 하지 않기 때문이야. 일하러 갈 생각은 안 하고 거리를 싸돌아다니며 노름판을 기웃거리니 말이야. 아휴, 만약 주인어른이 이 사실을 안다면, 아들이 관리라는 것도 아랑곳 않고 소매를 걷어붙이고 매질을 할 테지. 아마 나흘은 족히 엉덩이를 달래줘야 할걸. 관리가되었으면 일을 해야 할 것 아니야. 그건 그렇고 여관주인이 여태까지 쓴 돈을 내지 않으면 먹을 것을 주지 않겠다는데, 정말 밀린 돈을 내지 않으면 어떻게 될까?

(한숨을 쉬며) 아아, 세상에, 시*라도 한 그릇 먹었으면!
지금은 돌덩이라도 먹을 수 있겠어. 문소리가 나는군.
아마 그 인간이겠지. (서둘러 침대에서 뛰어내린다.)


## 2장

오시프, 흘레스타코프.


**흘레스타코프**  여기, 이걸 받아. (모자와 지팡이를 건넨다.) 이봐,
또 침대에서 뒹굴었어?

**오시프**  아니, 제가 왜 침대에서 뒹굴겠어요? 제가 침대를 생
전 처음 보는 줄 아세요?

**흘레스타코프**  거짓말! 뒹굴었으면서. 침대가 온통 엉망인거
안보여?

**오시프**  침대가 왜 필요하겠어요? 침대가 뭐하는 물건인지
정말 제가 모르겠어요? 저도 발이 있답니다. 이렇게
서 있을 수 있는데 제게 나리의 침대가 왜 필요하다는
겁니까?

**흘레스타코프**  (방안을 서성인다.) 저기 봉지에 담배가 있나 좀

---

* 러시아식 양배추 수프 - 역주

봐!

**오시프** 담배가 어디 있겠어요? 벌써 나흘 전에 다 피워버리셨잖아요.

**흘레스타코프** (걸으면서 입술을 갖가지 모양으로 옴짝거린다. 마침내 단호하고 큰 목소리로 말한다.) 들어봐……. 어이, 오시프!

**오시프** 분부하십시오!

**흘레스타코프** (크지만 단호하지 않은 목소리로) 거기 가 봐.

**오시프** 어디 말씀이십니까요?

**흘레스타코프** (단호하지도 크지도 않은 목소리로 애걸하듯이) 아래층에, 식당에 가서 말해……. 먹을 것을 좀 줄 수 없는지…….

**오시프** 안됩니다. 가고 싶지도 않습니다.

**흘레스타코프** 어떻게 감히 그런 말을 해, 이런 멍청이!

**오시프** 그냥 그렇다는 겁니다. 가 봤자 아무 소용없습니다. 주인이 더 이상 음식을 주지 않겠다고 말했습니다.

**흘레스타코프** 어떻게 감히 음식을 주지 않는다는 말을 해? 헛소리!

**오시프** '시장한테 가서 3주 째 돈을 내지 않았고 고해바치겠다. 너와 네놈 주인은 사기꾼이야. 네놈 주인은 협잡꾼이라고. 우리는 그런 사기꾼과 협잡꾼들을 잘 알고 있어’라고 했어요.

**흘레스타코프** 그래서 너는 지금 그 말을 다 낱낱이 전하니 속이 시원하겠구나! 짐승만도 못한 놈.

**오시프** ‘온갖 사람들이 와서는 방을 빌리고 빚을 지면 나중에는 내쫓을 수도 없어. 농담이 아니라 당장 경찰서에 가서 붙잡아 가라고 신고해서 감옥에 집어넣을 거야’라는 말도 했어요.

**흘레스타코프** 그만해, 이 멍청이! 가 봐, 가서 주인에게 말해. 형편없는 짐승이라고!

**오시프** 그냥 여관주인을 나리께 데려 오는 것이 좋겠어요.

**흘레스타코프** 주인은 왜? 네가 가서 말해.

**오시프** 제가, 어떻게, 나리……

**흘레스타코프** 알았어, 가봐, 제기랄! 주인을 불러와.

오시프 퇴장


# 3장
혼자 남겨진 흘레스타코프..

배가 너무 고파! 이렇게 조금 걷다 보면 입맛이 떨어지지 않을까 생각했는데, 아니야, 제기랄! 그대로야. 그러게 펜자에서 그렇게 허랑방탕하게 놀지 않았으면 집에 갈 여비는 남았을 텐데. 보병대위가 나를 완전히 속여 넘겼어. 교활한 놈, 카드솜씨가 놀랍더군. 겨우 15분 앉아있었는데 몽땅 털렸어. 그래도 다시 한번 그 놈과 승부를 겨루고 싶어 죽겠단 말이야. 그럴 기회는 없겠지만. 정말 추악한 도시야! 야채 가게조차 절대 외상으로 물건을 주지 않다니. 정말 뻔뻔한 노릇이지. (처음에는 〈로베르트〉를 불고 그 다음에는 〈어머니, 내 옷을 만들지 마세요〉를, 마지막에는 알 수 없는 곡조를 휘파람으로 분다.) 아무도 올 생각을 않는군.

## 4장

홀레스타코프, 오시프. 여관의 하인..

**하인** 주인어른께서 무슨 일이신지 여쭈어보라고 하셨습니다.
**홀레스타코프** 이보게, 잘 지내나? 자네 건강은 어떤가?
**하인** 덕분에 좋습니다.

**흘레스타코프** 그런데 여관은 어떤가? 장사는 잘 되고 있는가?

**하인** 네, 그렇습니다. 잘 되고 있습니다.

**흘레스타코프** 손님은 많은가?

**하인** 꽤 많습니다.

**흘레스타코프** 들어보게, 친구, 아직까지 식사가 나오지 않았네. 좀 서둘러 주시게. 보다시피 나는 식사를 마치고 해야 할 일이 있다네.

**하인** 그런데 주인어른께서 더 이상은 형편을 봐드릴 수 없다고 말씀하셨습니다. 주인어른이 오늘 시장님께 고소하러 가신다던데요.

**흘레스타코프** 대체 뭘 고소한다고 하던가? 어떻게 그럴 수 있지? 자네가 잘 생각해보게. 나는 먹을 것이 필요해. 내가 먹지를 못해서 이렇게 몸이 상했지 않은가! 정말 배가 고프다네. 농담이 아닐세.

**하인** 그러시군요. 근데 '그 사람이 여태까지 밀린 외상값을 다 주기 전까지는 절대 음식을 주지 않겠다.'고 주인어른께서 말씀하셨습니다. 그게 주인어른의 대답입니다.

**흘레스타코프** 자네가 주인을 좀 타일러서 설득 해 보게.

**하인** 대관절 제가 주인어른께 뭐라고 말하겠습니까?

**흘레스타코프** 내가 먹을 것이 필요하다고 자네가 심각하게 말해주게. 돈은 어떻게든……. 자네 주인어른은 자신과 같은 농민들은 하루쯤 굶어도 아무렇지 않으니 다른 사람들도 그럴 수 있으리라 생각하나 본데, 말도 안되는 소리지!

**하인** 그렇게 말씀드려보지요

## 5장

#### 흘레스타코프 혼자.

그래도 음식을 주지 않는다면 정말이지 큰일이군. 이렇게 배가 고파 보기는 처음이야. 차라리 옷가지를 좀 팔아볼까? 바지를 팔까? 아니야, 차라리 굶는 게 낫지. 집에는 페테르부르크식으로 정장을 갖춰 입고 가야해. 이오힘이 마차를 빌려주지 않은 것이 속상하군. 제기랄, 마차를 타고 집으로 가면 좋을 텐데. 제복을 입은 오시프를 앞에 앉히고 아무 이웃 지주 집의 불 밝힌 현관으로 마차를 타고 들어가면 참 멋있을 텐데. 상상이 되는군. 모두 야단법석을 떨겠지. '누구시지? 무슨일이지?' 그러면 하인이 들어가서는 (차려 자세를 하고 하인 흉내를 낸다.) '페테르부르크에서 오신 이반 알렉산드로비치 흘레스타코프 님이 방문하셨습니다. '영접하시겠습니까?'라고 하는 거야. 그러면 그들은 아둔해서 '영접하시겠습니까?'라는 게 무슨 뜻인지도 모를 테지. 아마 거위 같은 지주가 찾아와도 똑같이 명령을 하면, 곰 같은 것들, 바로 거실로 모시겠지. 그러고는 예쁘장한 딸에게 다가가 '아가씨, 제가 어떻게.' (두 손을 문지르며 구두 뒤축을 서로 부딪쳐 소리를 낸다.) 퉤! (침을 뱉는다.) 배가 너무 고프니 구역질이 다 나는군.

# 6장
### 흘레스타코프, 오시프. 잠시 후 하인이 들어온다.

**흘레스타코프** 어떻게 됐어?

**오시프** 식사를 가져옵니다.

**흘레스타코프** (손뼉을 치면서 의자에 앉은 채 살짝 몸을 흔든다.) 가져온다! 가져온다고! 가져와!

**하인** (그릇과 냅킨을 가지고) 주인어른께서 마지막으로 드리는 식사입니다.

**흘레스타코프** 그래, 주인이, 주인이⋯⋯. 주인 따위 상관없어! 그런데 그건 뭔가?

**하인** 수프와 구운 고기입니다.

**흘레스타코프** 그런데 왜 음식이 딱 두 가지야?

**하인** 이것뿐인데요.

**흘레스타코프** 말도 안 되는 소리! 이따위는 먹지도 않아. 자네 주인에게 가서 '이게 뭐냐고, 진짜 뭐하는 거냐고! 부족하다'고 말해.

**하인** 안됩니다. 주인께서는 이것도 많다고 하셨어요.

**흘레스타코프** 그런데 소스는 왜 없어?

**하인** 소스는 없습니다.

**흘레스타코프** 없긴 왜 없어? 주방 옆을 지나다 보니까 잔뜩 만들고 있던데. 게다가 오늘 아침에 식당에서도 어떤 키 작은 사람 둘이 연어에다 다른 것들까지 실컷 먹더구만.

**하인** 그게 그렇기는 한데 지금은 없습니다.

**흘레스타코프** 어떻게 없지?

**하인** 없으니까 없지요.

**흘레스타코프** 그러면 연어는, 생선은, 커틀릿은?

**하인** 그런 음식은 보다 귀한 손님을 위한 것입니다.

**흘레스타코프** 아아, 이런 멍청이!

**하인** 네.

**흘레스타코프**  이 뻔뻔한 돼지 새끼……. 어떻게 그 사람들은 먹을 수 있고 나는 못 먹는다는 거야? 제기랄, 왜 그 사람들처럼 나를 대접해주지 않는 거지? 그 사람들도 나와 같은 손님이지 않은가?

**하인**  그 사람들과는 다르시지요. 누구나 이미 다 아는 사실입니다.

**흘레스타코프**  그 사람들은 어떻게 다른데?

**하인**  그저 보통 사람들이지요! 음식 값을 분명히 낼 사람들 말입니다.

**흘레스타코프**  이 멍청이, 너와 말하고 싶지 않아. (수프를 접시에 부어서 먹는다.) 이게 무슨 수프야? 그냥 맹물이지. 아무런 맛이 없잖아. 냄새만 나고. 이 수프는 먹기 싫으니 다른 것으로 가져 와.

**하인**  그러면 도로 가져가겠습니다. '싫으면 관두시라'고 주인어른께서 말씀하셨습니다.

**흘레스타코프**  (손으로 음식을 감싸며) 이런, 이런, 이런, 그냥 둬, 멍청이! 너는 그런 말본새로 사람들을 상대할테지만 나는 그런 사람들하고는 달라! 나는 다르게 대접하는 게 좋을 거야……. (먹는다.) 세상에, 이것도 수프라고! (계속 먹는다.) 이런 수프를 먹어 본 사람은 이 세상에서 한 명도 없을 거야. 기름 대신에 웬 깃털들이 헤

엄을 치는군. (닭고기를 자른다.) 으이그, 닭고기도 형편
없네! 구운 고기 요리 줘! 거기 수프가 좀 남았으니, 오
시프, 네가 먹어. (고기를 자른다.) 이게 무슨 구운 고기
야? 이건 구운 고기가 아니야.

**하인** 그럼 그게 뭔가요?

**흘레스타코프** 그게 뭔지 누가 알겠어. 아무튼 그건 고기가
아니야. 소고기가 아니라 썰어놓은 도끼자루야. (먹는
다.) 사기꾼, 협잡꾼, 이 따위 걸 먹으라고 주는 거야!
한 조각을 먹었는데 턱이 아파. (손가락으로 이를 쑤신다.)
나쁜 놈들! 나무껍질하고 똑같아. 아무 것도 발라낼
수가 없어. 이런 음식을 먹으면 이가 까맣게 될 거야.
사기꾼들! (냅킨으로 입을 닦는다.) 뭐 더 없어?

**하인** 없습니다.

**흘레스타코프** 협잡꾼들! 나쁜 놈들! 소스를 주든지 아니면
디저트라도 줘야지. 게으른 놈들! 손님들한테 바가지
나 씌우려 들다니.

　　　　하인이 상을 치우고 오시프와 함께 접시를 내간다.

# 7장

홀레스타코프. 잠시 후에 오시프가 들어온다.

**홀레스타코프** 간에 기별도 안 가네. 입맛만 버렸잖아. 푼돈이라도 있었더라면 시장에 가서 흰 빵이라도 사오라고 할 텐데.

**오시프** (들어온다.) 무슨 일인지 시장이 와서 나리에 대해 이것저것 캐묻고 있습니다.

**홀레스타코프** (당황하면서) 이런! 교활한 주인 놈, 벌써 고소를 했군! 만일 그놈이 나를 정말로 감옥에 처 넣으면 어쩌지? 만일 내가 점잖게 나간다면……. 아니, 아니야, 그러고 싶지 않아! 저기 장교들과 사람들이 어슬렁거리는 시내에서 내가 어느 상인 집 딸과 눈빛도 서로 교환했었는데……. 아니야, 싫어……. 근데 시장이 뭐라고, 사실 어떻게 감히 그럴 수가 있겠어? 내가 이 도시의 상인이기를 해, 아니면 직공이기를 해? (기운을 내어 몸을 곧추세운다.) 내가 시장에게 분명하게 말해줄 거야. '당신이 어떻게 감히……. 어떻게 당신이…….' (방문 손잡이가 돌아간다. 홀레스타코프는 얼굴이 창백해지면서 몸을 웅크린다.)

# 8장

홀레스타코프, 시장, 도브친스키. 방을 들어온 시장은 멈춰 선다.

두 사람은 놀라서 몇 분 동안 서로 눈을 부릅뜨며 바라본다.


**시장** (차림을 단정히 한 후 부동자세를 하며) 안녕하십니까!

**홀레스타코프** (인사를 한다.) 안녕하십니까…….

**시장** 실례하겠습니다.

**홀레스타코프** 괜찮습니다…….

**시장** 이 도시의 시장으로서 제 임무가 도시를 찾는 분들과 고결한 분들께서 아무 불편 없도록 하는 것입니다…….

**홀레스타코프** (처음에는 약간 말을 더듬다가 말끝에는 큰 소리를 친다.) 어떻게 할까요? 저는 죄가 없습니다……. 제가 물론 돈을 낼 겁니다……. 시골에서 돈을 보낼 겁니다.


**보브친스키가 문틈으로 몰래 본다.**


하지만 그 사람이 더 잘못했던 말입니다. 소고기도 통나무처럼 딱딱한 걸 먹으라고 주질 않나, 수프는 뭔가 알 수 없는 걸 넣어 창밖으로 내다 버릴 수밖에 없었습니다. 그 사람이 저를 하루 종일 굶기고 괴롭혔습니다……. 차 맛은 또 어찌나 이상한지, 생선 비린내가 난단 말입니다. 제가 뭘 어쨌다고……. 어이가 없어요!

**시장** (겁을 내며) 죄송합니다, 사실 제 잘못이 아닙니다. 우리 도시의 시장에서는 항상 품질이 좋은 소고기만을 팔고 있습니다. 홀모고르의 상인들이 가지고 오는데 그 사람들은 술도 마시지 않고 행실도 훌륭합니다. 여관 주인이 어디서 그런 고기를 가지고 온 것인지 모르겠습니다. 불편한 일이 있으셨다면……. 저와 함께 다른 집으로 옮기시는 것이 어떻겠습니까?

**흘레스타코프** 아닙니다, 그러고 싶지 않아요! 다른 집이라니, 무슨 뜻인지 알겠군요. 감옥을 두고 하는 말씀이시지요? 그런데 말입니다, 저는 페테르부르크에서 근무하는 관리입니다. (기운을 차린다.) 나는, 나는, 나는…….

**시장** (방백) 큰일났네, 화가 났군! 모든 것을 알고 있어. 저주받을 상인들이 모두 얘기를 했군!

**흘레스타코프** (허세를 부린다.) 당신이 군대를 몰고 온다고 해도 절대 가지 않겠어요! 나는 장관님께 곧장 가겠습니다! (주먹으로 탁자를 친다.) 도대체 당신이 뭐요? 뭐냔 말이오?

**시장** (똑바로 선채 온 몸을 떨면서) 제발 살려 주십시오. 저를 파멸시키지 마세요! 아내와 어린 자식들이……. 제발 저를 불행한 사람으로 만들지 말아주세요.

**흘레스타코프** 아니, 그러고 싶지 않습니다! 게다가 당신 사정이 나랑 무슨 상관이 있습니까? 당신에게 아내와 자식들이 있다고 내가 감옥에 가야한다니, 정말 말도 참 조리있게 잘 하시는군요!

**보브친스키가 문틈으로 엿보다 놀라서 몸을 감춘다.**

아니요, 정말 감사하지만 사양하겠습니다.

**시장** (몸을 떨며) 제가 경험이 없어서, 맹세코 경험이 없어서 그런 것입니다. 더구나 살림이 넉넉하지 않으니……. 생각해보십시오. 국가의 봉급으로는 차나 설탕을 구입하기에 힘듭니다. 뇌물을 받았다고 해도 그것은 지극히 사소한 것들입니다. 식탁에 올릴 것들이나 옷 한 벌 정도지요. 장사를 하는 하사관의 미망인을 두고 하는 말씀이시라면, 제가 그 여자를 채찍으로 때렸다고 수군거리는데 그것은 비방입니다. 신께 맹세코 거짓입니다. 저의 적들이 꾸며낸 이야기입니다. 그자들은 제 목숨도 빼앗을 준비가 되어있는 족속들입니다.

**흘레스타코프** 무슨 말씀입니까? 나는 그런 자들과는 상관이 없습니다. (생각을 하면서) 도대체 당신은 왜 적들이라든지, 그 무슨 하사관의 미망인 얘기를 하시는 지 잘 모르겠습니다……. 하사관의 부인의 일이라면 모를까. 당신은 감히 나를 매질하지는 못할 겁니다. 당신은 그럴 권한이 없습니다……. 설마! 말조심하세요! 돈을 낼 겁니다, 낸다구요. 하지만 지금 당장은 돈이 없습니다. 그래서 여기 이렇게 죽치고 있는 겁니다.

**시장** (방백) 오, 보통 놈이 아닌데! 딴소리를 하는군! 안개를 피우다니. 어디 한번 해보라지. 어디서부터 시작해야 할지 모르는 건가. 어찌 되든 한번 떠보자고! 될 대로 되겠지. 어쩌면 잘될지도 모르니 한번 해보자고. (소리가 들리게) 돈이든 뭐든 꼭 필요한 것이 있으면 제가 즉시 준비해 드리겠습니다. 저희 도시를 찾아 주신 분들을 돕는 것이 저의 의무니까요.

**흘레스타코프** 돈 좀 꿔주세요! 지금 바로 여관주인과 계산을 끝내겠습니다. 그저 200루블 정도, 더 적어도 괜찮습니다.

**시장** (돈을 내밀며) 정확히 200루블입니다. 세어보지 않으셔도 될 겁니다.

**흘레스타코프** (돈을 받으며) 진심으로 감사드립니다. 제가 집

으로 돌아가는 데로 바로 돈을 갚겠습니다……. 제가
갑자기 돈이 떨어져서……. 시장님은 정말 좋은 분이
시군요. 이제 상황이 달라졌습니다.

**시장** (방백) 다행이다! 돈을 받는군. 이제 일이 잘 풀리겠어.
200루블이 아니라 400루블을 쥐어 주었으니.

**흘레스타코프** 어이, 오시프!

오시프가 들어온다.

여관집 하인을 이리로 오라고 해! (시장과 도브친스키를
보며) 왜 그러고 서 계시는 겁니까? 앉으세요. (도브친스
키를 보며) 어서, 앉으세요.

**시장** 괜찮습니다. 서 있겠습니다.

**흘레스타코프** 제발 앉으세요. 이제는 당신의 진실한 마음과
친절함이 잘 보입니다. 솔직히 말씀드리면 시장님이
저를 잡으러 온 거라고 ……. (도브친스키를 보며) 앉으
세요.

시장과 도브친스키가 자리에 앉는다.
보브친스키가 문틈으로 살피며 엿듣는다.

**시장** (방백) 좀 더 대담해질 필요가 있어. 저 사람은 자기가 누군지 우리가 끝까지 모르는 채 남길 바라는군. 좋아, 허튼소리나 하지, 뭐. 자기가 어떤 사람인지 우리가 절대 모르는 척해야 해. (소리가 들리게) 저는 공무상 여기 있는 이 지역 지주 표트르 이바노비치 도브친스키와 함께 시찰을 다닙니다. 여행객들을 잘 대접하고 있는지 보러 일부러 여관에 들렀답니다. 저는 공무에 관심도 없는 다른 시장들과는 다릅니다. 하지만 공무가 아니더라도 기독교인으로서 모든 인간이 훌륭한 대접을 받기를 원합니다. 그렇게 살아왔더니 마치 포상이라도 받는 것처럼 이런 기분 좋은 만남의 기회를 얻게 되었군요.

**흘레스타코프** 저도 굉장히 기쁩니다. 시장님이 아니었으면 오래도록 여기 눌러앉아야 했을 겁니다. 무슨 돈으로 외상값을 지불해야할지 정말 답답했습니다.

**시장** (방백) 그래, 말해봐, 무슨 돈으로 외상값을 갚아야 할지 몰라서 답답했다 이거지! (소리가 들리게) 어느 지역으로 가시는 길이신지 여쭤 봐도 될까요?

**흘레스타코프** 저의 영지가 있는 사라토프 현으로 가는 길입니다.

**시장** (방백. 아이러니한 표정으로) 사라토프 현이라고! 엉? 태연히 거짓말을 하네! 경계를 늦추면 안 되겠어. (소리가 들리게) 좋은 생각이시군요. 여행이란 게 그렇지요. 어떻게 보면 마차 준비가 늦어지고 불쾌해지기도 하지만, 달리 생각하면 머리를 식힐 수 있지요. 개인적으로 시간을 보내기 위해 여행을 하시나 보지요?

**흘레스타코프**  아닙니다, 아버지께서 부르셨습니다. 여태껏 페테르부르크에서 공을 세우지 못한다고 노인네가 단단히 화가 나셨습니다. 아버지는 제가 수도에 가면 바로 블라디미르 훈장을 받게 될 거라고 생각하셨던 것 같습니다. 아버지께서 직접 관청에 근무하도록 해드리는 게 더 낳았을 겁니다.

**시장**  (방백) 이것 보게, 잘도 꾸며 내는군! 노인인 아버지를 끌어들이다니! (소리가 들리게) 오래 여행하실 계획이신가요?

**흘레스타코프**  잘 모르겠습니다. 사실 제 아버지는 통나무처럼 융통성 없는 멍청한 늙다리입니다. '원하시는 데로 하세요. 저는 페테르부르크 없이는 살수 없어요.'하고 단도직입적으로 말씀드립니다. 사실 제가 왜 농민들과 함께 살면서 제 인생을 망쳐야합니까? 요즘은 그럴 필요가 없어요. 제 영혼은 계몽을 갈망하고 있어요.

**시장**  (방백) 잘도 거짓말을 엮어 내는군! 거짓말, 또 거짓말.

막힘이 없군! 이런 볼품없는 땅딸막한 인간쯤은 손톱으로 짓이겨 버릴 수도 있을 텐데! 자, 잠깐, 내게 털어놓게 될 거야. 더 많이 이야기하도록 만들어주지! (소리가 들리게) 지당한 말씀이십니다. 벽지에서 무슨 일을 할 수 있겠습니까? 여기만 봐도 알 수 있지요. 밤잠도 못자고 조국을 위해 노력을 다하지만 언제나 보상을 받을지 알 수 없습니다. (방안을 눈으로 둘러본다.) 이 방은 좀 눅눅한 것 같지 않습니까?

**홀레스타코프**  형편없는 방이지요. 빈대가 어찌나 들끓는지 지독합니다. 개처럼 물어댑니다.

**시장**  말씀만 하세요! 이렇게 훌륭한 손님께서 이 세상에 태어나서도 안 될 쓸데없는 빈대 때문에 고생을 하시고 계시다니요. 더구나 방이 어둡기까지 하네요.

**홀레스타코프**  네, 정말 어둡지요. 여관주인은 양초도 내어주지 않았어요. 가끔씩 일을 하고 싶어도, 예를 들면 책을 읽는 다든지 아니면 무언가 글을 쓰고 싶은 마음이 들어도 아무 것도 할 수가 없습니다. 어두워서 말입니다.

**시장**  감히 여쭤 봐도 될까요? 아니지, 저는 자격이 없습니다.

**홀레스타코프**  무슨 말씀이신지?

**시장**  아닙니다. 아니요. 저는 자격이 없어요, 자격이 없습니다.

**흘레스타코프** 무슨 일이십니까?

**시장** 제가 감히……. 저희 집에 귀하에게 어울리는 훌륭한 방이 있는데, 밝고 조용한……. 아닙니다, 제가 생각에도 이건 너무 큰 광영이 되겠군요……. 화 내지 마십시오. 그저 선의에서 드린 말씀입니다.

**흘레스타코프** 천만의 말씀입니다. 기꺼이 그 제안을 받아들이겠습니다. 이런 불결한 곳보다는 사택이 훨씬 더 좋지요.

**시장** 이렇게 기쁠 데가! 아내도 정말 기뻐할 겁니다! 제 성정이 이렇습니다. 어릴 적부터 훌륭한 손님이 올 때면 특히 더 반갑게 맞이했답니다. 아첨하려고 이런 말씀을 드린다고 생각지는 마십시오. 아니랍니다. 제게 그런 악덕은 없어요. 진심에서 드리는 말씀입니다.

**흘레스타코프** 진심으로 감사드립니다. 저 역시도 겉 다르고 속 다른 사람들을 좋아하지 않습니다. 시장님의 솔직하고 친절한 배려가 마음에 꼭 듭니다. 솔직히 저는 헌신과 존경, 존경과 헌신의 자세로 저를 대해준다면 더 바랄게 없습니다.

# 9장

같은 사람들, 오시프와 함께 들어오는 여관 하인.

보브친스키는 문틈으로 방안을 엿본다.


**하인**  제게 물어볼게 있다고요?

**흘레스타코프**  그래. 계산서 가져와.

**하인**  얼마 전에 계산서를 드렸는데요.

**흘레스타코프**  너의 그 멍청한 계산서는 기억나지 않아. 전부
다 해서 얼마였는지 말해봐.

**하인**  첫날 식사를 주문하셨고요, 다음날은 연어를 드셨고,
그다음에는 모두 외상으로 드셨습니다.

**흘레스타코프**  바보! 지금에서야 계산을 하는 거야!. 전부 얼
마냐니까?

**시장**  걱정하지 마십시오. 주인이야 좀 더 기다릴 수 있을 겁
니다. (하인에게) 그만 나가 봐. 돈은 보내줄 테니까.

**흘레스타코프**  그게 좋겠네요. (돈을 감춘다.)


하인이 방을 나간다. 보브친스키가 문틈으로 방안을 엿본다.

# 10장

시장, 흘레스타코프, 도브친스키.

**시장**  그럼 이제 우리 도시에 있는 시설을 살펴보시겠습니까? 자선 병원 같은 시설 말씀입니다.

**흘레스타코프**  거기서 뭘 하는데요?

**시장**  그저 우리 도시의 전반적인 업무들이 잘 처리되고 있는지, 질서는 어떤지 살펴보는 것이지요…….

**흘레스타코프**  얼마든지요, 가시지요.

보브친스키가 문으로 머리를 내민다.

**시장**  원하신다면 학교에 둘러보시는 것은 어떨지요. 규율도 살펴보시고 어떻게 학생들을 교육하고 있는지도 보시면 좋을 것 같습니다.

**흘레스타코프**  그러시죠, 좋습니다.

**시장**  그러고 나서 원하신다면 감옥을 방문하셔서 우리 도시의 범죄자들의 처우가 어떤지를 살펴봐 주십시오.

**흘레스타코프**  감옥은 뭐하려요? 그보다는 자선 병원을 살펴보는 것이 더 좋겠습니다.

**시장**  그렇게 하시지요. 귀하의 마차를 타고가시겠습니까?

아니면 제 마차로 움직이실까요?

**흘레스타코프** 시장님과 함께 가는 게 좋겠군요.

**시장** (도브친스키에게) 그럼, 표트르 이바노비치, 당신 자리는 없군요.

**도브친스키** 괜찮습니다, 저는 그냥 걸어가겠습니다.

**시장** (조용히 도브친스키에게) 내 말 잘 들으세요. 쪽지 두 장을 드릴 테니 전속력으로 달려가서 하나는 자선병원의 제믈랴니카에게, 다른 하나는 내 아내에게 전해 주시오. (흘레스타코프에게) 귀하의 면전에서 아내에게 귀한 손님을 맞이할 준비를 하라는 쪽지를 작성해도 되겠습니까?

**흘레스타코프** 뭘 그렇게까지⋯⋯. 잉크는 여기 있습니다. 다만 종이가 어디 있는지는 모르겠네요⋯⋯. 여기 계산서에라도 쓰시겠습니까?

**시장** 네, 그렇게 하겠습니다. (쓰면서 동시에 혼잣말을 한다.) 아침 식사를 하면서 불룩한 병으로 술 두 병을 마시면서 일이 어떻게 될지 봐야겠어! 우리 집에 붉은 포도주가 있지. 맛은 별로지만 취하고 나면 코끼리라도 거꾸러지지. 저자의 정체가 무엇인지, 어느 정도나 경계해야 하는지 알아내야 해. (쪽지를 다 쓴 후 도브친스키에게 건네준다. 도브친스키가 문으로 다가가는 순간 문짝이 떨어지고, 몰래 엿듣고 있던 보브친스키가 문짝과 함께 무대 위로 넘어진다. 모두가 놀란다. 보브친스키가 일어선다.)

**홀레스타코프** 무슨 일입니까? 어디 다친 데는 없습니까?

**보브친스키** 괜찮아요, 괜찮습니다. 정신은 멀쩡하답니다. 콧등에 혹이 좀 생겼을 뿐입니다. 제가 흐리스티안 이바노비치에게 달려가겠습니다. 그 사람 집에 고약이 있으니 곧 나을 겁니다.

**시장** (보브친스키를 비난하는 듯한 티를 내며 홀레스타코프에게 말한다.) 별일 아닙니다. 하인에게 가방을 옮기라고 제가 이르겠습니다. (오시프에게) 여보게, 모두 내 집에 가져다 놓게. 사람들이 다들 길을 잘 알려 줄 걸세. 자, 가시지요! (홀레스타코프를 앞세우며 그 뒤를 따라가다가 뒤를 돌아서서 보브친스키에게 비난조로 말한다.) 당신 말이야, 다른 데서 넘어질 순 없었소! 꼴사납게 넘어지다니! (시장이 퇴장하고 그 뒤를 보브친스키가 따라 나간다.)

**막이 내려온다.**

# 3막

제 1막의 방안.

## 1장

안나 안드레예브나와 마리야 안토노브나가

같은 자세로 창 옆에 서 있다.


**안나 안드레예브나** 벌써 한 시간이나 기다렸잖아. 그런데도 여전히 멍청하게 허세를 부리다니. 옷을 다 입었으면서 아직도 꾸물거리니 말이야……. 네 말을 듣는 게 아니었어. 울화통이 터지겠네! 일부러 그러는 것처럼 아무도 안 나타나! 전부 죽어 없어진 건가.

**마리야 안토노브나** 어머니, 조금 있으면 모든 걸 다 알게 될 거예요. 아브도티야가 곧 오기로 했잖아요. (창밖을 내다보며 날카로운 소리를 내뱉는다.) 어머, 어머니, 어머니! 저기 길 끝에 누군가 와요.

**안나 안드레예브나**  어디 온다는 거야? 너는 허구한 날 헛것을 보는구나. 어라, 진짜 누가 오네. 그런데 누구지? 키는 별로 크지 않고……. 연미복을 입었는데……. 도대체 누구지? 엉? 정말 신경질 나는군! 저 사람이 도대체 누구야?

**마리야 안토노브나**  도브친스키에요, 어머니.

**안나 안드레예브나**  누가 도브친스키란 거냐? 너는 맨날 헛것을 보는 구나……. 도브친스키는 절대로 아니야. (손수건을 흔든다.) 어이, 이쪽으로 오세요! 서둘러요!

**마리야 안토노브나**  어머니, 도브친스키가 맞아요.

**안나 안드레예브나**  시비 걸려고 일부러 그러는지? 도브친스키 아니라니까!

**마리야 안토노브나**  무슨 말씀이세요? 어머니! 보세요, 도브친스키잖아요.

**안나 안드레예브나**  그래, 도브친스키로구나. 이제야 알아보겠다. 그런데 또 시비 거는 게냐? (창밖으로 소리친다.) 서둘러요, 서둘러! 늦장을 부리시네요. 다들 어디 갔어요? 네? 거기서 말해 봐요. 상관없어요. 뭐라고요? 아주 엄격하다고요? 네? 남편은, 우리 남편은요? (창에서 약간 물러나며 화가 나서) 저렇게 아둔할 수가 있나! 방에 들어 올 때까지 한마디를 못하네!

# 2장

### 같은 인물들, 도브친스키.

**안나 안드레예브나** 자, 이제 말씀해주세요. 부끄럽지도 않으세요? 저는 당신만은 고상하게 행동하시리라 믿었어요. 그런데 사람들이 갑자기 뛰쳐나가니까 당신도 그 뒤를 따라 나가버리더군요! 그리고는 지금까지 이치에 맞는 답을 한 마디 못 들었어요. 창피하지도 않으시냐고요! 저는 당신 아들 바네치카와 딸 리잔카*의 대모가 되어 주었는데 어떻게 이럴 수가 있어요!

**도브친스키** 대모님, 맹세컨데 존경심을 증명하려고 숨넘어가게 뛰어왔답니다. 안녕하세요, 마리야 안토노브나!

**마리야 안토노브나** 안녕하세요, 표트르 이바노비치!

**안나 안드레예브나** 어떻게 된 일인지 말씀해보세요. 거기 여관에서는 다들 어떻게 하고 있나요?

**도브친스키** 안톤 안토노비치가 부인께 쪽지를 보내셨어요.

**안나 안드레예브나** 그래, 그 사람은 어떤 사람이에요? 장군이던가요?

**도브친스키** 아니요, 장군은 아니었지만 장군 못지않던데요. 교육도 많이 받은 것 같고 행동에서도 위엄이 넘

---

* 이반, 엘리자베타의 애칭

73

쳤어요.

**안나 안드레예브나**  아! 그렇다면 남편이 받은 편지에서 말한 바로 그 사람이군요.

**도브친스키**  바로 그 사람이에요. 제가 표트르 이바노비치와 함께 제일 먼저 알아봤어요.

**안나 안드레예브나**  자, 상황을 자세히 좀 이야기해주세요.

**도브친스키**  다행이 모든 게 순조롭습니다. 처음에 그분은 안톤 안토노비치 시장님에게 무뚝뚝하게 대하더군요. 화가 나서 여관이 엉망이라며 시장님 댁에게 가지도 않을 것이며 시장님 때문에 감옥에 가고 싶지도 않다고 말했어요. 그런데 잠시 이야기를 나누더니 안톤 안토노비치가 결백하다는 걸 알고는 생각을 바꾸었답니다. 다행스럽게도 모든 일이 잘 흘러갔지요. 지금은 다들 자선 병원을 시찰하러 갔습니다……. 솔직히 말씀드리면, 안톤 안토노비치 시장님도 누가 자기를 밀고하지 않았을까 의심했거든요. 저도 조금 겁이 났어요.

**안나 안드레예브나**  아니 당신이 왜 겁이 나요? 당신은 공직자도 아니잖아요.

**도브친스키**  그렇긴 하지만 고관이 말을 하면 겁부터 나거든요.

**안나 안드레예브나**  뭐, 할 수 없지요……. 쓸데없는 소리는 그만하시고 말씀해보세요, 그 사람은 어떻게 생겼던가요? 나이가 많은가요? 아니면 젊은가요?

**도브친스키** 아주 젊은 사람이에요. 스물셋쯤. 그런데 말하는 투는 완전히 노인이었어요. '좋습니다. 나는 거기도 가고, 거기도 가겠습니다.' 이렇게 말하더군요. (두 손을 흔든다.) 모든 것이 멋지더군요. '저는 편지를 쓰는 것도 책을 읽는 것도 좋아하는데 방안이 약간 어두운 것이 아쉽군요'라고 말했어요.

**안나 안드레예브나** 생김새는 어때요? 갈색머리? 아니면 금발?

**도브친스키** 아니요, 어두운 아마 색에 가깝더군요. 게다가 짐승 눈처럼 재빠른 눈빛이 사람을 쉽사리 당황하게 만들었어요.

**안나 안드레예브나** 쪽지에는 뭐라고 썼지? (읽는다.) '여보, 내 상황이 몹시 심각했지만 신의 자비로 소금에 절인 오이 두 개와 철갑상어 알 2분의 1인분에 1루블 25코페이카를 지불했다는 것을 서둘러 알려 주는 바요…….' (멈춘다.) 이게 무슨 소리야. 여기서 왜 소금에 절인 오이랑 철갑상어 알 얘기가 나오는 거죠?

**도브친스키** 그건 안톤 안토노비치가 서두르느라 계산서를 쪽지로 써서 그렇습니다. 거기에 무슨 숫자가 적혀 있었거든요.

**안나 안드레예브나** 네, 맞네요, 정확하네요. (계속 읽는다.) '그
렇지만 신의 자비로 모든 것이 잘 해결될 것 같소. 중
요한 손님을 위한 방을 서둘러 준비해주시오. 그 노란
색 벽지를 바른 방말이오. 식사를 더 준비하지는 마시
오. 아르테미 필립포비치의 자선병원에서 간단히 식
사를 할 거요. 포도주는 좀 더 시키시오. 상인 압둘린
에게 제일 좋은 것으로 보내라고 말하시오. 그렇지 않
았다가는 그 술집을 모조리 뒤질 거라고 말해요. 여보,
당신 손에 키스를 보내요. 나는 당신의 것이요. 안톤
스크보즈니크-드무하놉스키… ' 어머나, 세상에! 그건
그렇고 서둘러야겠네! 어이, 밖에 누구 없어?

**도브친스키** (문으로 달려가서 소리친다.) 미시카! 미시카! 미시
카!

미시카가 들어온다.

**안나 안드레예브나** 잘 들어. 상인 압둘린에게 뛰어가서……. 
잠깐, 내가 쪽지를 써 줄게. (탁자에 앉아서 쪽지를 쓰면서
말한다.) 이 쪽지를 마부 시도르에게 전해주고 상인 압
둘린에게 뛰어가서 포도주를 가져오라고 해. 그리고

지금 가서 손님방을 잘 정리하도록 해. 저기 침대와 세면대, 그리고 필요한 것들을 가져다 놔.

**도브친스키** 그럼, 안나 안드레예브나, 저는 이제 거기 그분이 어떻게 시찰을 하고 있는지 보러 서둘러 가겠습니다.

**안나 안드레예브나** 가세요, 가보세요! 더 붙잡지 않을게요.

# 3장

안나 안드레예브나, 마리야 안토노브나.

**안나 안드레예브나** 자, 마셴카*, 이제 우리도 몸단장을 해야지. 그 사람은 수도에서 온 사람이라잖니. 비웃지나 않아야 할 텐데. 너는 작은 주름이 있는 파란색 드레스를 입는 게 제일 나아.

**마리야 안토노브나** 푸! 어머니, 파란 드레스라니요! 나는 그 드레스가 정말 마음에 안 들어요. 랴프키나-탸프키나도 파란색 드레스를 입고 다니고 제믈랴니카 씨 딸도 파란색 드레스를 입는다고요. 차라리 화려한 옷을 입는 게 낫겠어요.

---

* 마리야의 애칭 - 역주

**안나 안드레예브나**  화려한 드레스라니! 일부러 어깃장을 놓
으려는거지? 내가 아이보리색 옷을 입으려니까 너는
파란 옷을 입는 편이 좋겠어. 나는 아이보리색이 정말
좋거든.

**마리야 안토노브나**  에이, 어머니, 아이보리색은 안 어울려
요!

**안나 안드레예브나**  아이보리색이 어울리지 않는다고?

**마리야 안토노브나**  전혀 안 어울려요. 다른 것은 다 좋지만
그 색은 안 어울려요. 그 옷에는 눈이 새카만 사람에게
나 어울린다고요.

**안나 안드레예브나**  내 말이! 그런데 내 눈동자가 그럼 검은
색이 아니란 말이야? 내 눈은 아주 새까맣다고. 말도
안 되는 소리 마! 내가 트럼프 점을 칠 때도 항상 클로
버 퀸을 뽑는다고! 그런데도 내 눈이 까맣지 않다는 거
야?

**마리야 안토노브나**  어머, 어머니! 어머니는 하트 퀸이 더 어
울려요.

**안나 안드레예브나**  헛소리, 완전히 헛소리야! 내가 하트 퀸
인 적은 한 번도 없었어. (마리야 안토노브나와 함께 서둘러
퇴장한 후, 무대 뒤에서 말한다.) 정말 뜬금없다니까! 하트
퀸이라니! 무슨 말도 안 되는 소리를 하니!

그들이 퇴장하자 문이 열리더니 미시카가 나와 먼지를 쓴다.

다른 문으로 오시프가 머리에 트렁크를 이고 들어온다.


# 4장
미시카, 오시프.


**오시프** 어디에 둘까?

**미시카** 여기요, 아저씨, 여기!

**오시프** 잠깐, 그 전에 잠시 숨 좀 돌리자. 아이고, 내 팔자야!
배가 고프니 걸음도 무겁네.

**미시카** 아저씨, 말씀해주세요. 곧 장군님이 오시나요?

**오시프** 어떤 장군?

**미시카** 아저씨 주인님 말이에요.

**오시프** 우리 주인? 우리 주인이 무슨 장군이라는 거냐?

**미시카** 그럼 정말 장군이 아니에요?

**오시프** 하긴, 어떤 면에서 보면 장군은 장군이지.

**미시카** 어쨌든 간에 진짜 장군인거잖아요?

**오시프** 그 이상이지.

**미시카** 거 보세요! 우리 집에 난리가 났었다고요.

**오시프** 이봐, 내가 보니 너는 꽤나 잽싼 아이인 것 같은데 뭐 먹을 것을 좀 가져다주겠니?

**미시카** 아저씨가 드실 건 아직 준비가 안 됐어요. 평범한 음식은 드시지 않잖아요. 아저씨 주인님이 식사를 하시면 아저씨에게도 음식을 내올 거예요.

**오시프** 그런데 평범한 음식은 있나?

**미시카** 시와 죽, 피로그는 있어요.

**오시프** 그럼 시랑 죽이랑 피로그 모두 가져와! 괜찮아, 내가 다 먹을 게. 그럼 트렁크를 갖다 놓지. 저기, 다른 출입구가 또 있니?

**미시카** 네.

두 사람은 트렁크를 들고 옆방으로 간다.


# 5장

경찰관들이 양쪽 문을 연다. 홀레스타코프가 들어온다.

그 뒤를 따라 시장과 병원장, 교육감, 도브친스키, 그리고 코에 반창고를 붙인 보브친스키가 들어온다.

시장이 바닥에 떨어져 있는 휴지 조각을 손으로 가리키자 경찰관들이
서로 밀치며 뛰어가 치운다.


**흘레스타코프** 훌륭한 시설입니다. 여러분이 여행객들에게
　　도시 전체를 보여주는 것이 참으로 인상 깊습니다. 다
　　른 도시에서는 아무것도 보여 주지 않더군요.

**시장** 감히 말씀을 드리자면 다른 도시의 시장과 관리들은
　　자기의 이득에만 신경을 쓰지요. 하지만 여기서는 당
　　국의 방침에 따라 경계심을 가지고 성실하게 근무하
　　고자 하는 생각 외에는 다른 생각은 안 합니다.

**흘레스타코프** 아침 식사는 아주 좋았습니다. 배부르게 먹었
　　어요. 여러분은 매일 그렇게 드십니까?

**시장** 귀하고 반가운 손님을 위해 특별히 준비한 것입니다.

**흘레스타코프** 나는 먹는 것을 참 좋아합니다. 산다는 것은
　　만족이라는 꽃을 꺾기 위해서가 아니겠습니까? 그 생
　　선 이름이 뭐라고요?

**아르테미 필립포비치** (가까이 다가오며) 염장한 대구입니다.

**흘레스타코프** 아주 맛있더군요. 우리가 식사를 한 곳이 어디
　　지요? 병원이었던가요?

**아르테미 필립포비치** 네, 맞습니다. 자선 병원입니다.

**흘레스타코프** 맞아요, 기억나요. 거기 침대들이 있었지요.

환자들은 병이 다 나아서 퇴원했습니까? 환자가 별로 없는 것 같던데요.

**아르테미 필립포비치** 열 명가량 남았습니다. 그보다 더 많지는 않습니다. 다른 사람들은 모두 완치되었답니다. 거기가 원래 그렇습니다. 병원이 잘 조직된 덕분이지요. 믿기 힘드실 테지만, 제가 병원을 관리하면서부터 환자들은 파리처럼 빨리 회복을 하더군요. 환자들은 진료소에 들어서기가 무섭게 벌써 건강을 되찾습니다. 이는 약의 힘이라기보다는 성실과 규율 덕분이랍니다.

**시장** 감히 한 말씀 올리자면, 시장의 의무라는 것은 정말 골치 아픈 일이지요! 청소나 수리, 수선 등 온갖 일들이 얼마나 많은지……. 한마디로, 가장 영리한 사람이라고 해도 힘들 겁니다. 그러나 다행히도 모든 것이 순조롭습니다. 다른 시장이었다면 당연히 자기 이득만을 쫓았을 겁니다. 하지만 저는 잠자리에 들 때도 '하느님, 어떻게 하면 상부에서 저의 열성을 보시고 만족할 수 있을 까요?'하는 생각을 한답니다. 상부에서 상을 내리든 아니든 그거야 상부의 뜻이지요. 아무튼 제 마음은 편안합니다. 거리도 깨끗하고 죄수들은 단단히 감금되어 있고 술주정뱅이도 별로 없으니……. 우리 도시 전체의 일이 순조롭게 잘 진행되고 있는데 더 바랄게 뭐가 있겠습니까? 맹세코 저는 고위직을 바라는 것이 아닙니다. 물론 그것에 마음이 쓰이기는 합니다만, 선행 앞에서 모든 것은 하찮은 법이지요.

**아르테미 필립포비치** (방백) 하는 일 없는 인간이 과장도 정도껏 해야지! 저것도 능력이라면 능력이지!

**흘레스타코프** 지당하신 말씀입니다. 저도 가끔씩 사색을 하곤 합니다. 그러면 산문이 나오기도 하고 때로는 시가 튀어 나오기도 하지요.

**보브친스키** 지당한 말씀입니다. (도브친스키에게) 그렇지요, 표트르 이바노비치! 말씀하시는 것만 봐도 학식이 높으신 분 같아요.

**흘레스타코프** 이 지역에, 뭐랄까, 카드 게임 같은 것을 할 수 있는 클럽이나 다른 오락거리는 없습니까?

**시장** (방백) 어, 이 녀석 봐라, 누구를 두고 하는 말이야! (소리를 내어) 당치도 않습니다! 이 지역에는 그런 클럽이 전혀 없습니다. 저는 카드를 손에 쥐어본 일조차 없습니다. 카드를 보기만 해도 마음이 불편합니다. 다이아몬드 킹이든 뭐든 우연히 눈길만 닿아도 혐오감이 치밀어 올라서 그냥 침을 뱉습니다. 아이들을 즐겁게 해줄 요량으로 카드로 집을 지었다가 밤새도록 악몽에 시달렸습니다. 카드는 정말 질색이에요! 어떻게 그토록 귀한 시간을 카드 놀음에 허비할 수가 있을까요?

**루카 루키치** (방백) 사기꾼, 어제 카드 쳐서 나한테서 100루블이나 따 갔으면서.

**시장** 그 시간을 국익을 위한 일에 바치는 것이 훨씬 낫습니다.

**흘레스타코프** 내 말은 그런 뜻이 아닌데……. 모든 일은 생각하기 나름이 아니겠습니까? 예를 들면, 판돈을 두 배로 올려야 할 때 패를 덮어버린다면……. 그때는 물론……. 아닙니다. 됐습니다. 가끔은 카드 게임이 아주 유혹적일 때가 있지요.


# 6장
**같은 사람들, 안나 안드레예브나와 마리야 안토노브나.**


**시장** 제 식구들을 소개해 올리겠습니다. 아내와 딸입니다.

**흘레스타코프** (인사를 하며) 부인, 이렇게 만나 뵙게 되어 영광입니다. 얼마나 기쁜지 모르겠습니다.

**안나 안드레예브나** 저희가 더 영광이지요.

**흘레스타코프** (우쭐대면서) 원, 별말씀을. 제가 더 영광입니다.

**안나 안드레예브나** 별말씀을 다 하시네요! 저희 듣기 좋으라

고 그렇게 말씀하시는 것이지요. 편히 앉으세요.

**흘레스타코프** 부인 곁에 서 있기 만해도 행복합니다. 뭐, 꼭

그렇게 원하시면 제가 앉겠습니다. 부인 옆에 앉으니

참 행복하군요.

**안나 안드레예브나** 당치 않습니다. 제게 그런 말씀을 하시다

니 당최 몸 둘 바를 모르겠어요……. 수도에서 오시는

길이 몹시 불편하셨을 줄 압니다.

**흘레스타코프** 끔찍이도 불편했습니다. Comprenez vous*,

사교계 생활이 익숙한 터라 갑자기 여행길에 나섰더

니……. 더러운 여관에, 무지몽매한 사람들에……. 솔

직히 말씀드리면, (안나 안드레예브나를 바라보며 우쭐대면

서) 만약 저에게 이와 같은 보상이 없었더라면…….

**안나 안드레예브나** 정말 힘드셨겠어요.

**흘레스타코프** 그래도, 부인 이 순간 저는 정말 기쁩니다.

**안나 안드레예브나** 그럴 리가요! 과찬이세요. 저는 그런 말

을 들을 자격이 없어요.

**흘레스타코프** 자격이 없다니요? 부인은 충분히 그럴 자격이

있으십니다.

---

\* '이해하시겠지만'이란 뜻의 불어 - 역주

**안나 안드레예브나** 저는 촌에 살아서…….

**흘레스타코프** 하지만 시골에도 시골 나름의 언덕이나 샛강
이 있는 법이지요……. 물론, 페테르부르크와 비할 바
는 아니지만! 휴, 페테르부르크라니! 진짜 삶이 있는
곳이지요! 여러분은 제가 서류나 베끼고 있다고 생각
하실 수도 있겠지만 절대 그렇지 않습니다. 우리 부서
의 상관과 저는 매우 가깝습니다. 그분은 이렇게 제 어
깨를 치면서 '친구, 식사나 하러 오게!'하고 말하지요.
저는 부서에 잠깐 들러 이렇게 말합니다. '이건 이렇
게, 저건 저렇게 해!' 그러면 거기 정서 일을 하는 관리
가, 들쥐 같은 놈, 펜으로 끼적거리며 농땡이만 치다
가……. 그제야 일을 시작합니다. 상관은 심지어는 저
를 8등관에 임명하고 싶어 했어요. 하지만 그럴 필요
가 없다는 생각이 들었습니다. 그러면 수위는 계단에
서부터 구둣솔을 들고 내 뒤를 쫓아오겠지요. '이반 알
렉산드로비치, 장화를 닦을 수 있도록 허락해주십시
오' (시장에게) 여러분, 왜 서 계십니까? 앉으세요!

**시장, 필립포비치, 루키치가 동시에.**

**시장** 관등이 그러하니 더 서 있도록 하겠습니다.

**아르테미 필립포비치** 서 있겠습니다.

**루카 루키치** 신경 쓰지 마세요.

**흘레스타코프** 관등 따위 상관치 마시고 앉으세요.

**시장과 나머지 사람들이 의자에 앉는다.**

저는 허식을 좋아하지 않습니다. 오히려 언제나 눈에 띄지 않도록 행동하려고 노력하는 편이지요. 그런데 도 절대로 숨을 수가 없더군요, 그럴 수가 없어요! 어 디를 가도 벌써 '저기, 이반 알렉산드로비치가 오셔!' 합니다. 한번은 나를 육군총사령관인줄 알더군요. 병 사들이 위병소에서 뛰쳐나와 '받들어 총'을 하더라고 요. 잠시 후 저를 알고 있던 장교가 나와 '우리는 자네 가 총사령관인줄 알았다네.'하고 말하는 거예요.

**안나 안드레예브나** 어떻게 그럴 수가!

**흘레스타코프** 예쁜 여배우들과도 친한 사이랍니다. 제가 보 드빌*도 여러 편 쓰기도 했고……. 작가들과도 자주 만납니다. 푸시킨과도 친하지요. '이보게 푸시킨, 어떻 게 지내나?'하고 인사를 하면 '그냥 그렇지, 친구'하고 대답을 합니다. 그 친구 괴짜에요.

---

\* 간간히 노래가 섞인 통속적인 소극(笑劇) - 역주

**안나 안드레예브나** 글도 쓰세요? 작가가 된다는 건 분명 멋

진 일일 거예요! 아마 잡지에도 글을 발표하시겠지요?

**흘레스타코프** 그럼요, 잡지에도 글을 쓰지요. 제가 쓴 작품

이 좀 많답니다. 〈피가로의 결혼〉, 〈악마 로베르〉,

〈노르마〉 같은 작품이 있지요.* 일일이 제목도 다 기

억이 나지 않는다니까요. 이 작품들이 모두 우연히 탄

생했습니다. 저는 글을 쓰고 싶지 않았어요. 그런데 극

장장이 '여보게 아무 거라도 좀 써주시게!'하더군요. 그

래서 속으로 '그러지, 뭐!'하고 생각했죠. 그러고는 바

로 하룻저녁에 완성해서 모두를 놀라게 해 주었습니

다. 작품 구상이야 아주 쉬운 일이지요. 〈희망의 배〉

와《모스크바 전신국》처럼** 브람베우스 남작*** 이름으

로 된 건 모두 제 작품입니다.

**안나 안드레예브나** 그럼 귀하가 브람베우스 남작이란 말씀

이신가요?

**흘레스타코프** 그럼요. 제가 그 사람들의 글을 모두 고쳐주고

있습니다. 스미르딘****은 그 비용으로 제게 4만 루블을

---

* 〈피가로의 결혼〉은 모차르트의 오페라, 〈악마 로베르〉는 마이어베어의 오페라, 〈노
르마〉는 벨리니의 오페라 - 역주

** 〈희망의 배〉는 A.베스투제프-마를린스키의 중편소설, 《모스크바 전신국》은 N.폴레보
이가 펴낸 잡지 - 역주

*** 《독서총서》지(紙)의 편집장 O.I.센코프스키의 필명 - 역주

**** 페테르부르크의 서적판매업자이자 출판업자 - 역주

주었습니다.

**안나 안드레예브나** 그럼, 〈유리 밀로슬랍스키〉*도 귀하의 작품이겠군요?

**흘레스타코프** 네, 제 작품입니다.

**안나 안드레예브나** 제가 바로 알아 봤다니까요.

**마리야 안토노브나** 에이, 어머니, 그건 자고스킨 씨의 작품이라고 책에 쓰여 있던데요.

**안나 안드레예브나** 그럼 그렇지, 네가 여기서도 어깃장을 놓을 줄 알았어.

**흘레스타코프** 아니, 따님 말씀이 맞습니다. 이것은 분명 자고스킨의 작품이지요. 그런데 또 다른 〈유리 밀로슬랍스키〉도 있답니다. 그 작품이 바로 제가 쓴 겁니다.

**안나 안드레예브나** 아, 그래요, 맞아요. 제가 읽은 작품은 바로 그거예요. 정말 훌륭한 작품이었어요!

**흘레스타코프** 솔직히 말씀드려서 저는 문학으로 먹고살고 있습니다. 제 집은 페테르부르크에서 제일 좋은 저택입니다. '이반 알렉산드로비치의 집'하면 누구나 다 압니다. (모든 사람을 바라보며) 만약 여러분이 페테르부르크에 오시면 저희 집을 꼭 방문해 주시기 바랍니다. 제가 무도회를 열겠습니다.

---

\* M.자고스킨의 첫 번째 소설 - 역주

**안나 안드레예브나**  거기 무도회는 정말 세련되고 화려하겠지요!

**흘레스타코프**  말씀을 마세요. 식탁에 올린 수박은 7백 루블이나 주었습니다. 수프는 냄비째 파리에서 배로 막 공수해온 것이지요. 냄비 뚜껑을 열면 김이 모락모락 나는데, 아무데서나 볼 수 없는 광경입니다. 저는 날마다 무도회에 참석합니다. 거기서 우리는 카드 게임을 벌이지요. 이때 우리라고 하면 외무성 장관, 프랑스 공사, 영국 공사, 독일 공사 등등이지요. 게임을 하다보면 완전히 지쳐 버립니다. 그러면 4층에 있는 제 방으로 뛰어 올라가 하녀에게 말하지요. '마브루시카, 외투 받아······.' 이런, 제가 실언을 했네요. 제가 2층에 산다는 걸 깜박했습니다. 우리 집 계단에 돈이 얼마나 들었나 하면······. 제가 아직 잠자리에서 일어나지 않았을 때 우리 집 현관을 보시면 아주 재미있을 겁니다. 백작과 공작들이 복닥거리며 어찌나 웅성거리던지······. 웅성, 웅성, 웅성. 한번은 장관이······.

**시장과 사람들은 소심하게 다시 자기 자리에서 일어선다.**

심지어 제게 오는 편지에도 '각하'라고 쓰여 있습니다.

한번은 제가 부서를 총괄한 일이 있었습니다. 부서장이 다른 곳으로 옮겨 갔는데 어딘지는 모르겠습니다. 자연스럽게 소문이 돌기 시작했지요. 누가, 어떻게, 어느 자리를 차지하게 될까? 장군들 가운데 많은 사람들이 그 자리를 탐냈지만 막상 업무를 시작하면 그 일이 그렇게 쉽지 않았습니다. 곁에서 볼 때는 쉬운 것 같아도 자세히 알고 보면 굉장히 어려웠던 것이지요. 어쩔 도리가 없다는 판단이 들었는지, 제게 부탁을 하더군요. 그때 거리에는 저를 찾아온 전령들로 넘쳐 났습니다. 전령만 3만 5000명이라니 상상이 가십니까? '어떤 상황입니까?'하고 물으니 '이반 알렉산드로비치, 이 부서를 맡아 주시오.'하더군요. 솔직히 말하면 제가 좀 당황해서 가운을 입은 채로 문 밖을 나갔습니다. 거절하고 싶었지만 황제께서도 아시게 될테고 제 경력에도 그리 나쁘지는 않을 것 같다는 생각이 들었습니다. 그래서 '여러분, 좋습니다. 제안을 받아들이지요, 수락하도록 하겠습니다. 다만 제 밑에서는 말입니다……. 절대 부정한 일은 안 됩니다! 저는 귀가 아주 밝습니다. 만일 제가 알게 되면 가만히 있지 않을 겁니다…….'하고 말했습니다. 그리고 바로 그렇게 되었습니다. 제가 관청을 지나가기라도 하면, 지진이 난 듯

다들 벌벌 떨면서 어쩔 줄을 몰랐습니다.

**시장과 사람들은 두려움에 벌벌 떤다.**

**흘레스타코프는 더욱 열을 내며 말한다.**

오! 저는 농담을 그다지 좋아하지 않습니다. 그래서 실제로 농담하는 사람들을 모두 혼내주었습니다. 추밀원\*조차 저를 두려워했습니다. 저는 실제로 그런 사람입니다! 네, 그렇습니다! 누구도 봐주지 않습니다……. 저는 사람들에게 '내가 나를 제일 잘 압니다.' 하고 말하고 다니지요. 저는 어디든 갈 수 있었습니다. 궁정에도 매일 출입했지요. 내일이라도 저를 총사령관으로 임명할 수도……. (미끄러져서 바닥에 넘어질 뻔했지만 관리들이 공손히 부축한다.)

**시장** (온몸을 벌벌 떨면서 다가가 간신히 말을 한다.) 가, 가, 가, 각……. 각…….

**흘레스타코프** (툭툭 끊어지는 목소리로 재빨리) 왜 그러십니까?

**시장** 아, 가, 가, 각……, 각…….

**흘레스타코프** (같은 목소리로) 무슨 헛소린지 전혀 알아 들을 수가 없군요.

**시장** 가, 가, 각……하, 각하, 잠시 쉬시는 것이 어떠하신지요?

---

\* 1810-1917 러시아 제국 법률심의 기구.

여기 이 방에 필요한 모든 것이 준비되어 있습니다.

**흘레스타코프** 쉬다니 말도 안 됩니다! 아니, 좀 쉬는 것도 좋
겠군요. 아침 식사는 좋았어요……. 만족스러웠습니
다. 만족스러워요. (웅변조로) 염장한 대구! 염장한 대
구! (옆방으로 들어가고 그 뒤를 시장이 따라간다.)


# 7장
**흘레스타코프와 시장을 제외한 나머지 사람들.**


**보브친스키** (도브친스키에게) 표트르 이바노비치, 정말 대단
한 인물이지 않습니까! 진짜 인물 말입니다. 나는 살
면서 저만큼 지위가 높은 사람을 만난 적이 없어요. 무
서워서 죽는 줄 알았습니다. 표트르 이바노비치, 저분
의 관등이 어느 정도 일까요?

**도브친스키** 내 생각에는 장군급인 것 같아요.

**보브친스키** 내 생각에는 장군 정도는 저분 발뒤꿈치도 따라
오지 못할 것 같은데요! 만일 장군이라면 아마도 총사
령관 정도는 되겠지요. 당신도 추밀원을 압박했다는
소리를 들으셨지요? 어서 암모스 표도로비치와 코로

브킨에게 가서 말해줍시다. 안나 안드레예브나, 안녕히 계세요!

**도브친스키** 안녕히 계세요, 대모님!


두 사람이 방을 나간다.


**아르테미 필립포비치** (루카 루키치에게) 정말 무섭습니다. 이유는 모르지만 말이지요. 우리가 제복을 입고 있는 것도 아니지 않습니까? 한숨 자고 일어나서 페테르부르크에 보고할 것 같지 않습니까? (교육감과 함께 생각에 잠겨 퇴장하면서 인사한다.) 부인, 안녕히 계십시오!


## 8장
안나 안드레예브나, 마리야 안토노브나.


**안나 안드레예브나** 어머나, 정말 멋지구나!

**마리야 안토노브나** 어쩜, 정말 사랑스러워요!

**안나 안드레예브나** 세련된 매너 보렴! 수도에서 온 사람이라 다르긴 다르구나. 사람을 대하는 태도며 모든 것이 어쩜 그렇게……. 아, 진짜 훌륭해! 나는 저런 젊은이들이 정말 마음에 들어. 넋이 나갈 지경이야. 그건 그렇고 그 사람은 내가 아주 마음에 드는 눈치야. 계속 나를 흘낏거리더구나.

**마리야 안토노브나** 아휴, 어머니, 그 사람이 쳐다 본 사람은 저예요.

**안나 안드레예브나** 헛소리 그만하고 저리 가! 어처구니없는 소리 하는 구나?

**마리야 안토노브나** 아니요, 어머니, 제 말이 맞아요!

**안나 안드레예브나** 이런 세상에! 또 트집을 잡으려는 거냐! 됐다, 그만 해! 언제 그분이 너를 쳐다보았다는 거냐? 볼 게 뭐 있다고?

**마리야 안토노브나** 아니에요, 어머니, 계속 저를 쳐다봤어요. 문학 얘기를 꺼낼 때도 봤고, 공사들과 카드게임을 한 얘기를 할 때도 저를 봤어요.

**안나 안드레예브나** 뭐, 한 번쯤은 그럴 수도 있었겠지. 그뿐이야. '아, 저 처녀도 한번 볼까!'하는 생각이었을 거야.


# 9장

같은 인물들, 시장.

**시장** (발뒤꿈치를 들고 살며시 방에 들어온다.) 쉬……. 쉬…….

**안나 안드레예브나** 무슨 일이세요?

**시장** 술을 취하도록 먹이긴 했지만, 기분이 좋지 않군. 만약 그 사람의 말이 절반이라도 사실이라면 어떻게 하지? (생각에 잠긴다.) 그런데 어떻게 사실이 아닐 수가 있겠어? 한잔 마시면 누구나 본심을 털어놓는 법이잖아. 마음 속에 든 생각이 입으로 나오는 거지. 물론 거짓말도 좀 섞기는 하더군. 하지만 누구나 조금씩은 거짓말을 하잖아. 장관들과 카드 게임을 한다느니 궁정에 출입한다느니……. 생각하면 할수록, 제기랄, 그 머릿속에 무슨 생각이 들었는지 도무지 알 수가 없단 말이야……. 마치 종탑 꼭대기나 교수대에 서 있는 기분이라고…….

**안나 안드레예브나** 나는 전혀 두렵지 않았어요. 그저 교육을 잘 받은 교양 있는 사교계 인사로만 보이던데요. 나는 관등 같은 것은 상관없어요.

**시장** 그렇겠지, 여자들이란! 아무튼 여자라는 그 말 한마디면 더 설명이 필요 없다니까! 하여간 하는 소리라고는 모두 요설이지! 앞뒤 없이 입을 놀리고 말이야. 그러다 당신네는 몇 대 맞으면 그뿐이지만, 남편들은 파멸이라고. 여보, 당신은 마치 그 사람을 도브친스키처럼 편하게 대하더군.

**안나 안드레예브나** 그런 걱정은 하지도 마세요. 우리도 어떻게 해야 하는지 알 만큼은 안다고요……. (딸을 바라본다.)

**시장** (독백) 내가 당신과 무슨 이야기를 하겠어! 정말 흔히 볼 수 없는 일이야. 아직까지도 무서워서 정신을 못 차리겠네. (문을 열고 문 밖으로 말한다.) 미시카, 스비스투노프와 데르지모르다를 불러와. 대문 근처에 있을 거야. (잠시 침묵한 후) 세상 일이 참 묘하게 돌아가는군. 풍채라도 좋으면 모를까, 비썩 꼴은 애송이라니. 그 사람이 바로 그 분인지 누가 알아 보겠냐고? 군인이라면 저절로 관등이 드러날 텐데 프록코트를 입으니 날개 떨어진 파리 꼴 아니냐고. 여관에서 그 놈이 온갖 암시나 비유를 써대며 말을 돌리니 도대체 정체를 알 수 없었는데, 마침내 걸려들고 말았어. 필요이상으로 말을 많이 하더군. 젊은 놈이라 어쩔 수 없어.

# 10장

같은 인물들과 오시프. 모두가 그를 손가락으로 가리키며

뛰어나가 맞이한다.

**안나 안드레예브나** 여보게, 이리 오게!

**시장** 쉿! 어떤가? 주무시는가?

**오시프** 아직 아닙니다. 기지개를 켜고 계십니다.

**안나 안드레예브나** 자네 이름이 어떻게 되지?

**오시프** 오시프입니다, 마님.

**시장** (아내와 딸에게) 됐어, 그만! (오시프에게) 이보게, 식사는
맛있게 했는가?

**오시프** 잘 먹었습니다. 진심으로 감사드립니다. 배부르게
잘 먹었습니다.

**안나 안드레예브나** 그럼 이야기를 좀 해주게. 백작과 공작
같은 분들이 자네 주인을 자주 찾아오겠지?

**오시프** (방백) 무슨 소릴 하는 거지? 지금도 잘 먹여 주었는데
대답만 잘 하면 다음엔 더 잘 먹여주겠지. (소리를 내어)
네, 백작님들께서 찾아오시곤 합니다.

**마리야 안토노브나** 오시프, 자네 주인 나리는 정말 잘생기셨
어!

**안나 안드레예브나** 그런데, 오시프, 그 분은 어떤 분이신지

좀 말해보게.

**시장** 제발 그만 좀 하라니까! 그런 쓸데없는 말은 방해만 된
다니까. 자, 이보게, 친구!

**안나 안드레예브나** 자네 주인 나리의 관등이 어떻게 되시나?

**오시프** 평범한 관등인데요.

**시장** 이런, 맙소사, 여전히 멍청한 질문을 하고 있네! 정작
묻고 싶은 것은 못 물어보잖아. 그런데, 여보게, 자네
주인 나리는 어떤 분이신가? 엄격하신가? 비난하기를
즐기시느냐 말이지.

**오시프** 질서를 좋아하시지요. 모든 것이 정돈되어 있어야
합니다.

**시장** 자네 얼굴이 참 맘에 드네. 여보게, 자네는 분명 좋은
사람일 게야. 그런데······.

**안나 안드레예브나** 오시프, 자네 주인 나리는 제복을 입고
다니시는가, 아니면······.

**시장** 그만해, 이 수다쟁이야! 지금 사람이 사느냐 죽느냐 하
는 일을 말하는데······. (오시프에게) 자, 이보게, 나는
자네가 참 마음에 드네. 가는 길에 차 한잔 더 마시는
것도 나쁘지 않겠지. 날씨가 좀 쌀쌀하니까 말일세. 여
기 차 값으로 몇 루블 주겠네.

**오시프** (돈을 받으며) 진심으로 감사드립니다, 나리. 부디 건

강하십시오! 불쌍한 사람을 이리 도와주시다니…….

**시장** 좋아, 좋아, 나도 기쁘네. 그런데, 자네…….

**안나 안드레예브나** 이보게, 오시프, 자네 주인 나리께서는 어떤 눈동자를 좋아하시나?

**마리야 안토노브나** 오시프! 자네 주인 나리의 코는 정말 예뻐!

**시장** 잠깐만, 나도 말 좀 하자! (오시프에게) 여보게, 말해보게. 자네 주인 나리께서 가장 관심을 가지시는 것이 무엇인가? 여행길에 무엇을 가장 마음에 들어 하시던가?

**오시프** 형편에 따라 다릅니다. 그래도 제일 좋아하시는 것은 훌륭한 접대이지요, 좋은 음식도 있어야 하고요.

**시장** 좋은 음식?

**오시프** 네, 좋은 음식 말입니다. 농노인 제가 뭐라고 나리께서는 저도 좋은 대접을 받는지 아닌지를 항상 살피시곤 합니다. 그렇고 말고요! 어떤 곳을 방문하건 '오시프, 자네에게 좋은 음식을 대접하던가?'하고 물으시지요. '아니요, 각하!'하고 대답하면 '이런, 오시프, 나쁜 주인이군. 집에 도착하거든 이 사실을 내게 상기시켜 주게'하고 말씀하십니다. 그러면 저는 '에이, (손을 흔들며) 괜찮은데! 내가 뭐라고.'하고 속으로 생각하지요.

**시장** 그렇군, 좋아. 중요한 정보로구먼. 아까는 찻값을 주었네만 빵값도 더 얹어서 주겠네.

**오시프** 나리, 제가 뭘 했다고요? (돈을 받아 감춘다.) 나리의 건
강을 기원하며 한잔 마시겠습니다.

**안나 안드레예브나** 오시프, 이리 오게. 나도 자네에게 돈을
주지.

**마리야 안토노브나** 오시프, 주인 나리에게 안부를 전해 줘!

다른 방에서 흘레브니코프의 잔 기침소리가 들린다.

**시장** 쉿! (발뒤꿈치를 들고 걷는다. 무대 위 모든 사람이 작은 목소리
로 말한다.) 제발 조용히 좀 해! 각자 방으로 가고! 이제
그만……

**안나 안드레예브나** 가자, 마셴카! 내가 손님에게서 알아낸
사실을 얘기 해 줄께. 우리 둘이서만 말이야.

**시장** 거기서 계속 떠들어 대겠지. 들어보면 귀를 막고 싶을
거야. (오시프를 바라보며) 그런데, 여보게……

# 11장
같은 인물들, 데르지모르다, 스비스투노프.

**시장**  쉿! 장화신은 발로 서툰 곰처럼 쿵쿵거리며 걷는군! 40

　　　푸드*나 되는 짐짝을 마차에서 내던지는 듯 시끄럽군!

　　　어디를 헤매다 이제 와?

**데르지모르다**  지시 하신 데로…….

**시장**  쉿! (그의 입을 막는다.) 까마귀처럼 깍깍대는군! (그를 흉

　　　내 내며) '지시 하신 데로'! 술통 울리는 소리가 나는군.

　　　(오시프에게) 그럼, 여보게, 자네는 가서 주인 나리께 필

　　　요한 것이 뭐 없나 살피시게. 집에 있는 게 있다면 무

　　　엇이든 말을 하시게.

**오시프가 퇴장한다.**

　　　그리고 자네들은 현관 앞에 서 있어! 꼼짝도 하지 마!

　　　관계없는 사람들은 아무도 집 안에 들여 놓지 말고. 특

　　　히 장사꾼들은! 만일 한 놈이라도 들여보냈다간…….

　　　청원서를 가지고 오는 놈이나 무언가 나에 대해 진정

　　　을 할 것처럼 보이는 놈이 나타나면 이렇게 똑바로 붙

　　　잡고 밀어버려! 이렇게! 단단히! (발로 보여준다.) 알아

　　　들었어? 쉿……. 쉿……. (경찰관들 뒤를 따라 발뒤꿈치를

　　　들고 퇴장한다.)

---

* 구 러시아의 중량단위. 1푸드=16.38 킬로그램 - 역주

# 4막

## 시장의 저택의 같은 방


## 1장

제복을 완벽하게 갖추어 입은 암모스 표도로비치, 아르테미 필립포비치, 루카 루키치, 도브친스키와 보브친스키가 조심스럽게 발소리를 죽이며 등장한다.무대 위의 사람들은 모두 조용한 목소리로 말한다.


**암모스 표도로비치** (모두를 반원형으로 세운다.) 자, 여러분, 어서 둥그렇게 서세요. 좀 더 질서 정연하게! 궁정에도 출입하시고 추밀원도 질책하신다지 않습니까! 군대식으로 서세요! 군대식으로! 표트르 이바노비치, 당신은 이쪽 편에서 나오세요, 그리고 표트르 이바노비치, 당신은 여기 서 계세요. (두 표트르 이바노비치가 발뒤꿈치를 들고 조심스럽게 뛰어나온다.)

**아르테미 필립포비치** 암모스 표도로비치, 당신 생각처럼 우리도 뭔가 대책을 세우는 게 좋을 것 같습니다.

**암모스 표도로비치** 구체적으로 어떤 대책을 말씀하시는 건 가요?

**아르테미 필립포비치** 그야, 뻔한 것 아니겠습니까?

**암모스 표도로비치** 찔러 주는 것 말씀이세요?

**아르테미 필립포비치** 네, 그렇게라도 해보는 거지요.

**암모스 표도로비치** 위험합니다, 제기랄! '고위 관리를 뭘로 보고!'하며 호통칠 게 뻔해요. 귀족 회의에서 기념비 같은 것을 핑계로 돈을 좀 드리면 어떨까요?

**우체국장** 아니면 '여기 우편으로 돈이 도착했는데 누구 것인 지 알 수 없다'는 식으로 둘러대면 어떨까요?

**아르테미 필립포비치** 조심하세요, 그분이 우편으로 당신을 멀리 보내 버릴 수도 있으니. 들어보세요. 선진 국가에 서는 그따위로 일을 처리하지 않습니다. 우리가 뭐 때 문에 기병중대처럼 우르르 몰려다닙니까? 한 사람씩 따로 만나야 합니다. 그렇게 단 둘이서……. 아무도 듣 지 못하도록 해야지요. 선진 국가에서는 이렇게 하는 겁니다! 그럼, 암모스 필립포비치, 당신부터 시작하시 지요.

**암모스 표도로비치** 아니, 당신이 먼저 하는 게 낫겠군요. 귀 빈께서 당신네 기관에서 식사를 하셨지 않소.

**아르테미 필립포비치**  그렇다면 아이들의 계몽가인 루카 루키치가 더 낫겠군요.

**루카 루키치**  안돼요, 못해요. 솔직히 나는 나보다 관등이 하나만 높은 사람이 말을 걸어와도 혼이 쏙 빠지고 입이 마비가 되요. 그렇게 살아왔어요. 여러분, 나는 못해요, 용서하세요, 용서해주세요!

**아르테미 필립포비치**  암모스 표도로비치, 여기 당신 말고는 아무도 없군요. 당신은 입만 열었다하면 키케로처럼 달변이지 않소!

**암모스 표도로비치**  무슨 소리를 하시는 겁니까? 키케로라니요! 꾸며대기도 잘하십니다! 집에서 키우고 있는 개나 사냥개에 대해 신나게 떠든 적은 있습니다만⋯⋯.

**일동**  (그에게 달라붙는다.) 그렇지 않아요, 당신은 개뿐만 아니라 바벨탑 얘기도 할 수 있어요⋯⋯. 아니, 암모스 표도로비치, 우리를 저버리지 마세요. 우리들의 보호자가 되어 주세요! 암모스 표도로비치!

**암모스 표도로비치**  여러분, 나를 좀 내버려 두세요!

이때 발걸음 소리와 기침 소리가 흘레스타코프의 방에서 들린다.
일동은 앞 다퉈 문 쪽으로 뛰어가는 동시에 밖으로 나가려고 기를 쓰다가
누군가가 밑에 깔린다. 작은 신음 소리가 흘러나온다.

**보브친스키의 목소리.**  악, 표트르 이바노비치, 표트르 이바노비치! 당신이 내 발을 밟았어요!

**제믈랴니카의 목소리.**  나 좀 살려 주세요. 완전히 눌려버렸어요!

'악! 음!'하는 신음소리가 들린다. 마침내 모두 문을 나가고 방안은 텅 빈다.

## 2장
홀레스타코프가 잠에 취한 눈으로 혼자 등장한다.

코까지 골며 잤네. 어디서 저런 편안한 이부자리를 가져온 거지? 땀이 다 났네. 어제 아침 식사에 그 사람들이 뭔가를 집어넣은 것 같은데, 머리가 다 욱신거리는군. 보아하니, 여기서는 기분 좋게 지낼 수 있겠어. 사람들이 아주 친절해, 좋네. 하지만 잇속을 따져서가 아니라 순수한 마음에서 그래 준다면 더욱 좋을텐데. 시장의 딸은 아주 나쁘지 않아, 그리고 그 어머니도 아직까지……. 아, 모르겠다. 아무튼 이런 생활은 참 좋구나.

# 3장

홀레스타코프, 암모스 표도로비치.

**암모스 표도로비치**  (방에 들어와 멈춰서며 혼잣말로) 하느님, 하느님! 잘 버티도록 해주세요. 이런 오금이 저리는군. (자세를 바로 하고 장검을 손에 쥔 채 큰소리로 말한다.) 인사드리겠습니다. 이곳 지방 법원 판사, 8등관 랴프킨-탸프킨입니다.

**홀레스타코프**  앉으시지요. 이곳 판사님이시라고요?

**암모스 표도로비치**  1816년에 3년 임기로 귀족 회의에서 선출되어 지금까지 근무하고 있습니다.

**홀레스타코프**  판사를 하면 좋은 점이 있나요?

**암모스 표도로비치**  3년 임기를 세 번 중임한 공로를 인정받아 상부로부터 블라디미르 4등 훈장을 받았습니다. (방백) 돈을 쥐고 있으려니 손에 불이 나네.

**홀레스타코프**  블라디미르 훈장, 나도 좋아해요. 안나 3등 훈장은 별로지만요.

**암모스 표도로비치**  (꼭 쥔 주먹을 앞으로 조금 내밀며 방백) 아이고, 하느님! 내가 어디 앉아 있는지도 모르겠네. 꼭 뜨거운 석탄을 깔고 앉은 것 같아.

**홀레스타코프**  그런데 손에 쥐고 계신 건 무엇인가요?

**암모스 표도로비치**  (당황하여 그만 바닥에 지폐를 떨어뜨리며) 아
　　무것도 아닙니다.

**흘레스타코프**  아무것도 아니라니요? 돈이 떨어진 것을 보았
　　는데요.

**암모스 표도로비치**  (온 몸을 떨며) 절대로 아무것도 아닙니다
　　요. (방백) 아이고, 하느님! 내가 재판을 받겠구나! 나를
　　잡아가려고 마차가 오겠어!

**흘레스타코프**  (돈을 집으며) 맞잖아요! 돈이네요.

**암모스 표도로비치**  (방백) 이제 다 끝났어! 망했군, 망했어!

**흘레스타코프**  그런데 말입니다, 이 돈을 좀 빌려주시지요?

**암모스 표도로비치**  (서둘러) 어찌 그런 말씀을……. 물론입니
　　다. (방백) 좀 더 과감하게 해보자! 성모님, 바른 길로
　　인도하소서!

**흘레스타코프**  아시다시피 여행 중에 돈을 다 써버렸습니
　　다……. 아무튼 집에 돌아가자마자 곧바로 부쳐 드리
　　겠습니다.

**암모스 표도로비치**  당치도 않으십니다! 그렇게 하지 않으셔
　　도 됩니다. 그저 제게는 큰 영광입니다……. 비록 보잘
　　것 없는 사람이지만 몸과 마음을 바쳐 상부에 충성을
　　다 하겠습니다……. (의자에서 몸을 일으켜 차려 자세를 취
　　한다.) 그럼 이만 실례하겠습니다. 달리 지시하실 일은

없으신지요?

**흘레스타코프** 다른 지시라니요?

**암모스 표도로비치** 이곳 법원에 내리실 지시 사항이 있나 해서 말입니다.

**흘레스타코프** 왜 그래야하죠? 그럴 필요를 전혀 느끼지 못하고 있습니다.

**암모스 표도로비치** (몸을 숙여 인사를 하고 나가면서. 방백) 이제 우리 도시는 살았어!

**흘레스타코프** (그가 나가자) 판사가 참 좋은 사람이군!


# 4장

흘레스타코프, 우체국장. 제복을 입은 우체국장이 자세를 바로하고

장검을 쥔 채 방안으로 들어온다.


**우체국장** 인사드리겠습니다. 우체국장, 7등 문관 시페킨입니다.

**흘레스타코프** 어서 오세요. 이런 기분 좋은 만남, 정말 좋습니다. 앉으세요. 당신은 여기서 계속 사셨지요?

**우체국장** 바로 그렇습니다.

**흘레스타코프** 이 도시가 참 마음에 듭니다. 물론 사람은 그렇게 많지 않지만 말이지요. 그럼 또 어떻습니까? 여기가 수도는 아니지 않습니까? 여기가 수도가 아닌 것은 분명하지요.

**우체국장** 지당하신 말씀이십니다.

**흘레스타코프** 그런데 수도에나 가야 점잖은 상류 사회 사람들을 만날 수 있지요. 거기엔 촌스런 사람을 찾아볼 수가 없어요. 당신 생각은 어떻습니까? 그렇지 않나요?

**우체국장** 지당하신 말씀이십니다. (방백) 그런데 시시콜콜 물어보는 것을 보면, 조금도 거만하지 않아 보이는데.

**흘레스타코프** 그런데 이렇게 작은 도시에도 행복하게 살 수 있지 않나요? 솔직히 말씀해 보세요.

**우체국장** 지당하신 말씀이십니다.

**흘레스타코프** 행복해지기 위해서는 무엇이 필요할까요? 저는 사람들에게 진심으로 존경 받고 사랑 받는 것이라고 생각합니다. 그렇지 않습니까?

**우체국장** 지당하신 말씀이십니다.

**흘레스타코프** 제 생각과 같으시다니 기쁩니다. 물론 저를 이상한 사람이라고 취급하는 자도 있지만, 제 성격이 원래 그렇습니다. (그의 눈을 바라보며 혼잣말을 한다.) 이 우체국장에게도 돈을 빌려야지! (소리가 들리게) 정말 희한한 일이 생겼답니다. 여행길에 돈이 다 떨어졌지 뭡니까. 제게 300루블을 빌려주실 수 있겠습니까?

**우체국장** 그럼요! 그럴 수만 있다면 더 없이 큰 행복으로 여기겠습니다. 여기 있습니다. 진심으로 충성을 다하겠습니다.

**흘레스타코프** 고맙습니다. 여행을 마다하는 건 정말 죽을 만큼 싫은 일이지요. 왜 그래야하지요? 그렇지 않습니까?

**우체국장** 지당하신 말씀이십니다. (자리에서 일어나 차려 자세를 하며 검을 손에 쥔다.) 그럼 이만 실례하겠습니다……. 우체국 운영과 관련하여 무슨 지시 사항이라도 있으신지요?

**흘레스타코프** 아니요, 없습니다.

**우체국장은 인사를 하고 퇴장한다.**

(시가를 피우며) 우체국장도 아주 좋은 사람인 것 같군. 적어도 친절하긴 하군. 저런 사람들이 좋아.

# 5장

홀레스타코프, 루카 루키치. 루카 루키치, 문에서 거의 떠밀리다시피 하여 들어온다. 그의 뒤에서 '뭘 겁을 내고 그래?'하는 목소리가 들린다.

**루카 루키치**  (불안해하며 자세를 바로잡고 장검을 손에 쥔다.) 인사 드리겠습니다. 교육감, 9등 문관 흘로포프입니다.

**흘레스타코프**  아, 잘 오셨어요! 앉으시지요, 앉으세요. 시가 피우시겠습니까? (시가를 그에게 건넨다.)

**루카 루키치**  (혼잣말로, 주저하며) 아뿔싸! 이건 생각지도 못했는데. 받아야 하나, 말아야 하나?

**흘레스타코프**  받으세요, 받아. 괜찮은 시가랍니다. 물론 페테르부르크 시가만은 못하지만……. 거기서는 100개비에 25루블 하는 시가를 피웠답니다. 그 시가를 피우고 나면 손에 키스를 하고 싶을 정도지요. 불 여기 있습니다. 피우세요. (그에게 촛불을 건넨다.)

루카 루키치는 담배를 피워보려고 하는데 온 몸이 벌벌 떨린다.

불을 거꾸로 붙이셨어요!

**루카 루키치**  (당황하여 시가를 떨어뜨린 후 침을 뱉고 손을 내 저으며 혼잣말을 한다.) 빌어먹을! 겁이 나서 다 망쳐 버렸어!

**흘레스타코프** 보아하니 당신은 시가를 별로 좋아하지 않는 군요. 솔직히 말씀드리면 시가는 내 약점이지요. 그리 고 또 여성에 관해서라면 절대 무심할 수가 없어요. 당 신은 어떤 여자가 좋으신가요? 검은 머리? 아니면 금 발?

**루카 루키치는 무슨 말을 해야 할지 전혀 알 수가 없다.**

솔직하게 말씀해보세요. 검은 머리, 아니면 금발?

**루카 루키치** 잘 모르겠습니다.

**흘레스타코프** 아니, 아니지요, 발뺌하지 마시고 말씀해 보세 요! 당신의 취향을 꼭 알고 싶군요.

**루카 루키치** 그럼 감히 말씀드리자면……. (방백) 나참, 무슨 말을 해야 할지 모르겠단 말이야.

**흘레스타코프** 아하! 말씀하고 싶지 않으시군요. 벌써 어떤 검은 머리 여자 때문에 곤란을 겪은 게 틀림없군요. 고 백해 보세요, 그렇지요?

**루카 루키치가 입을 다문다.**

아하! 얼굴을 붉히시는 군요! 이것 봐요! 이것 봐! 왜 말씀해 주시지 않는 겁니까?

**루카 루키치** 겁이 나서요. 가..가... 각하 (방백) 빌어먹을 혀가 나를 배신을 했어, 배신했다고!

**흘레스타코프** 겁이 나신다구요? 하긴 제 눈빛은 사람을 겁먹게 만드는 힘이 있지요. 적어도 내가 알기론, 내 눈빛을 견딜 수 있는 여자는 한 명도 없다고 봅니다. 그렇지 않습니까?

**루카 루키치** 지당하신 말씀입니다.

**흘레스타코프** 실은 제게 아주 이상한 일이 생겨서 말이죠. 여행길에 돈이 떨어졌지 뭡니까? 300루블만 빌려주실 수 있으십니까?

**루카 루키치** (주머니를 움켜쥐면서 혼잣말로) 여기 있었는데, 만일 없으면 어쩌지! 있다, 있어! (지폐를 꺼내어 벌벌 떨면서 건네준다.)

**흘레스타코프** 진심으로 감사드립니다.

**루카 루키치** (칼을 쥔 채 자세를 바로 잡으며) 그럼 이만 실례하겠습니다.

**흘레스타코프** 안녕히 가세요.

**루카 루키치** (날듯이 뛰어 나간다. 방백) 휴, 다행이군! 설마 교실을 들여다보겠다고 하지는 않겠지.

# 6장

흘레스타코프, 아르테미 필립포비치. 아르테미 필립포비치, 칼을 쥔
자세를 바로 한다.

**아르테미 필립포비치**  인사드리겠습니다. 자선 병원 원장, 7
등 문관 제믈랴니카입니다.

**흘레스타코프**  안녕하세요, 자리에 앉으시지요.

**아르테미 필립포비치**  제가 운영하고 있는 자선 병원에 귀하
를 직접 모실 수 있어서 영광이었습니다.

**흘레스타코프**  아, 그렇군요! 훌륭한 식사를 대접해 주셨지요.

**아르테미 필립포비치**  조국을 위한 일은 항상 기쁨입니다.

**흘레스타코프**  솔직히 말하면 저는 맛난 음식을 좋아합니다.
제 약점이기도 하지요. 그런데 어제 만났던 분 가운데
키가 좀 작은 분이 당신이었던 것 같은데요. 그렇지 않
나요?

**아르테미 필립포비치**  그랬던 것 같습니다. (잠시 침묵한 후) 제
가 말씀 드릴 수 있는 건 그 어떤 것도 아끼지 않고 열
성적으로 공무를 수행하고 있다는 사실입니다. (의자
를 가까이 당겨서 작은 목소리로 말한다.) 이 지역 우체국장
으로 말할 것 같으면 그 사람은 일을 전혀 하지 않습니
다. 그냥 방치하고 있습니다. 그러니 소포도 늦어질 수

밖에요……. 조사를 좀 해 보시지요. 그리고 방금 저보다 앞서 귀하를 방문했던 판사 말씀인데요, 그 사람은 토끼 사냥만 한답니다. 심지어 법원 건물에서 개까지 기릅니다. 제 친척이기는 하지만 국익을 고려하여 한 말씀드리자면 그 사람은 최악의 비난을 받아 마땅한 인물입니다. 그자는 귀하께서도 만나보신 적 있는 도브친스키라는 지주가 어딘가로 출타라도 하면 곧장 그의 아내 곁으로 달려 갑니다. 이 사실에 대해서라면 제가 맹세 할 수도 있습니다……. 그의 아이들을 잘 살펴보시면 아시겠지만 도브친스키를 닮은 아이는 하나도 없습니다. 전부 다, 심지어 어린 딸까지 판사를 꼭 닮았답니다.

**흘레스타코프** 계속 해주세요! 정말 생각지도 못한 일이군요.

**아르테미 필립포비치** 그리고 교육감 말씀인데요……. 어떻게 상부는 그자에게 그런 임무를 맡길 수 있는지 정말 이해할 수가 없습니다. 그자는 자코뱅파\*보다 더 나빠요. 그 사람은 입에 담을 수도 없는 불온한 생각을 아이들에게 주입시키고 있습니다. 제가 말씀드린 이 모든 사실을 문서로 작성하는 것이 더 낫지 않을까요?

**흘레스타코프** 좋습니다, 문서로 작성하세요. 그러면 저야

---

\* 1789년 프랑스 대혁명을 이끌었던 급진적 정파. 공포정치로 유명 - 역주

좋지요. 심심할 때 재미난 글을 읽는 걸 참 즐겁거든요…… 성이 뭐라고 하셨지요? 제가 잘 잊어버려서요.

**아르테미 필립포비치**  제믈랴니카입니다.

**흘레스타코프**  아, 그렇지요! 제믈랴니카 씨. 그럼 이제 당신 아이들 이야기를 좀 해보세요.

**아르테미 필립포비치**  다섯입니다. 그중 둘은 벌써 성인이지요.

**흘레스타코프**  성인이라고 하셨습니까? 그렇다면 그 뭐냐…… 어떻게?

**아르테미 필립포비치**  아이들 이름을 물어보시는 건가요?

**흘레스타코프**  맞아요, 이름이?

**아르테미 필립포비치**  니콜라이, 이반, 엘리자베타, 마리야 그리고 페레페투야라고 합니다.

**흘레스타코프**  이름들이 참 좋군요.

**아르테미 필립포비치**  그럼, 신성한 직무를 수행하시는 시간을 더 이상 빼앗지 않고 이만 실례하겠습니다…… (나가려고 인사를 한다.)

**흘레스타코프**  (배웅을 하면서) 네, 그러시지요. 이야기가 정말 재미있었습니다. 다음에도 또 부탁드립니다…… 나는 이런 이야기를 정말 좋아합니다. (자리로 돌아왔다가 다시 문을 열고 그의 등 뒤에 소리 지른다.) 어이, 이보시오!

이름이 뭐라고요? 이름과 성을 자꾸 잊어버려서요.

**아르테미 필립포비치** 아르테미 필립포비치입니다.

**흘레스타코프** 아르테미 필립포비치, 부탁이 있는데, 제가 이
상한 일을 당해서 말이지요. 여행길에 돈이 완전히 떨
어졌지 뭡니까. 돈 좀 빌려주시지요? 한 400루블이면
되는데.

**아르테미 필립포비치** 물론, 있습니다.

**흘레스타코프** 마침 잘 됐네요. 진심으로 감사드립니다.

## 7장

### 흘레스타코프, 보브친스키, 도브친스키.

**보브친스키** 인사 올리겠습니다. 이곳의 시민, 표트르 이바노
비치 보브친스키입니다.

**도브친스키** 지주 표트르 이바노비치 도브친스키입니다.

**흘레스타코프** 아, 제가 전에 만난 분들이군요. 당신은 그때
넘어지셨던 분? 코는 좀 어떠신지?

**보브친스키** 괜찮습니다! 걱정하지 마십시오. 완전히 아물어
서 지금은 멀쩡합니다.

**흘레스타코프** 괜찮다니 다행입니다. 만나서 반갑……. (갑자기 끊어지는 목소리로) 돈 가진 거 좀 없으세요?

**보브친스키** 돈이요? 무슨 돈이요?

**흘레스타코프** (큰 소리로 재빨리) 1000루블만 빌려주십시오.

**보브친스키** 맹세코 그렇게 큰 돈은 없습니다. 표트르 이바노비치, 당신은 어때요?

**도브친스키** 저도 지금은 없어요. 제 돈은 몽땅 자혜원*에 저금해 두었거든요.

**흘레스타코프** 그럼, 1000루블이 없다고 하시니 한 100루블은 있으시겠죠?

**보브친스키** (주머니를 뒤지며) 표트르 이바노비치, 100루블 있소? 나는 다 합쳐 40루블 밖에 없습니다.

**도브친스키** (지갑을 살피며) 전부 합해서 25루블 있어요.

**보브친스키** 좀 잘 찾아봐요, 표트르 이바노비치! 내가 알기로 당신 오른쪽 호주머니에 난 구멍 속으로 분명 돈이 빠졌을 테니.

**도브친스키** 아니요, 구멍 속에도 없어요.

**흘레스타코프** 아무래도 상관없습니다. 그냥 그렇게 말한 것뿐이니까요. 65루블도 좋습니다. 상관없어요. (돈을 받는다.)

---

* 1775년 에카테리나 여제 시기 신설된 시 기관으로 학교, 병원, 환자요양소, 양로원, 감옥 등을 관리. 개인이나 기관, 정부의 출연금으로 운영. 대부 및 대출 업무도 병행 - 역주

**도브친스키** 한 가지 몹시 까다로운 문제에 관해 여쭈어도 될 까요?

**흘레스타코프** 무슨 일 때문에 그러십니까?

**도브친스키** 몹시 까다로운 일이라서요. 결혼 전에 제 큰 아들이 태어났습니다.

**흘레스타코프** 네?

**도브친스키** 그러니까 말이 그렇다는 것이지, 그 녀석은 결혼해서 낳은 자식이나 다를 바 없습니다. 나중에는 혼인 신고를 했습니다. 한 가지 바람이 있다면, 이제 그 녀석이 완벽하게 법률상 제 아들이 되어서 도브친스키라고 불리기를 바랄 뿐입니다.

**흘레스타코프** 좋습니다. 그렇게 부르세요! 가능합니다.

**도브친스키** 폐를 끼치고 싶지 않았는데 그 녀석 능력이 아까워서 말이지요. 그 녀석이……. 큰 기대를 걸고 있답니다. 시도 여러 편 외우지요. 어디 칼이라도 떨어져 있으면 마술사처럼 능숙하게 바로 작은 마차를 뚝딱 만들어 냅니다. 여기 표트르 이바노비치도 잘 알고 있습니다.

**보브친스키** 그렇습니다, 능력이 출중합니다.

**흘레스타코프** 좋아요, 좋습니다! 제가 신경을 써 보겠습니다. 제가 말하면……. 제가 원하면 ……. 모든 게 다 잘 될 겁니다, 그렇지요, 그렇고말고요. (보브친스키를 바라보며) 나한테 뭔가 하실 말씀 없으신가요?

**보브친스키** 없긴요, 아주 작은 청이 하나 있답니다.

**흘레스타코프** 뭡니까?

**보브친스키** 페테르부르크에 가시면 원로원 의원이나 해군 장성 같은 여러 고관님들께 '모 도시에 표트르 이바노비치 보브친스키가 살고 있다'라고 말씀해 주세요. 그저 표트르 이바노비치 보브친스키가 살고 있다는 말씀만 해주시면 됩니다.

**흘레스타코프** 좋습니다.

**도브친스키** 그리고 혹시 황제 폐하를 알현하신다면, 그때도 '모 도시에 표트르 이바노비치 보브친스키가 살고 있다'라고 말씀해 주십시오.

**흘레스타코프** 그럽시다.

**도브친스키** 실례했습니다. 이만 물러가 보겠습니다.

**보브친스키** 실례했습니다. 이만 물러가 보겠습니다.

**흘레스타코프** 괜찮습니다! 만나서 반가웠습니다. (그들을 배웅한다.)

# 8장

**흘레스타코프 혼자.**

여기는 관리가 참 많군. 그런데 그 사람들이 나를 고위 관리로 알고 있는 것 같아. 어제 내가 그 사람들을 잘 속여 넘긴 게 분명해. 바보들 같으니라고! 페테르부르크의 트랴피치킨에게 이 모든 일들을 써서 보내야지. 신문에 기사를 쓰는 사람이니 이 이야기로 큰 돈을 벌 수 있을 거야. 어이, 오시프, 종이와 잉크를 가져와!

**오시프가 문 뒤에서 들여다보며 말한다. '지금 갑니다.'**

누구든 트랴피치킨에게 한번 물리면 빠져나가지 못해. 기삿거리라면 친 아버지도 물고 늘어질 인간이야. 게다가 돈은 또 얼마나 좋아한다고. 아무튼 여기 관리들은 선량한 사람들이야. 나한테 돈까지 빌려주었잖아. 얼마나 되는지 세어봐야지. 이건 판사가 준 300루블, 이건 우체국장이 준 300루블, 600루블, 700루블, 800루블……. 기름에 절었네! 800루블, 900루블……. 아니 이런! 1000루블이 넘잖아……. 그래, 그 대위 녀석, 어디 만나기만 해봐라! 누가 이기는지 두고 보자!

# 9장

홀레스타코프, 오시프. 오시프는 잉크와 종이를 들고 있다.

**홀레스타코프** 멍청아! 어때, 사람들이 나는 어떻게 대접하는지 봤지? (편지를 쓰기 시작한다.)

**오시프** 그럼요, 세상에! 이반 알렉산드로비치, 그런데 그거 아십니까?

**홀레스타코프** (쓰면서) 뭐?

**오시프** 여길 떠야 합니다. 정말로 떠날 때가 됐다고요.

**홀레스타코프** (쓰면서) 무슨 헛소리야! 왜?

**오시프** 그냥요. 그 사람들이야 어떻든 그냥 내버려두세요! 여기서 이틀이나 잘 놀았으니 충분하지 않습니까? 그 사람들과 오래 어울려서 뭐하겠습니까? 침이나 뱉어주세요! 앞으로 무슨 일이 일어날지 몰라요. 혹시라도 다른 누군가가 와서……. 이반 알렉산드로비치! 좋은 말도 있으니 출발하시기만 하면 됩니다!

**홀레스타코프** (쓰면서) 아니, 난 아직 여기 좀 더 있고 싶어. 내일 떠나지.

**오시프** 내일이라니요! 이반 알렉산드로비치, 떠납시다! 운이 좋았던 겁니다. 하지만 한시라도 빨리 떠나는 게 좋겠어요. 아시겠지만, 여기 사람들은 나리를 다른 누군가로 잘못 알고 있어요……. 이렇게 꾸물거리다가는 나리 아버님께서 화를 내실 거예요. 깨끗이 뜹시다! 지금은 어떤 좋은 말들도 다 내줄 겁니다.

**흘레스타코프** (쓰면서) 그래, 알겠어. 그전에 이 편지만 우체국에 가서 부치고 와. 그리고 역마권도 챙겨. 좋은 말을 받을 수 있도록 잘 살펴! 마부들한테 내가 전령처럼 말을 몰고 노래도 한 곡조 부르면 1루블 씩 준다고 얘기를 해둬……. (계속 편지를 쓴다.) 트랴피치킨이 우스워 죽으려고 할거야. 안 봐도 눈에 선하네…….

**오시프** 나리, 편지는 이 집 하인을 시켜 보내겠습니다. 쓸데없이 시간을 허비하지 않도록 저는 짐을 싸는 게 더 나을 것 같습니다.

**흘레스타코프** (쓰면서) 좋아. 촛불 좀 갔다 줘.

**오시프** (퇴장한 후 무대 뒤에서 말한다.) 어이, 이봐! 편지를 우체국에 가져가서 우체국장에게 무료로 편지를 보내 달라고 말해. 그리고 당장 가장 좋은 급행 삼두마차를 대령하라고 전해 마차 삯은 우리 주인이 내는 게 아니라 관비로 처리하라고 이르고. 어서 서두르라고 해. 안 그러면 우리 나리께서 역정 내신다고 말이야. 기다려, 아직 편지가 준비되지 않았어.

**흘레스타코프** (계속 편지를 쓴다.) 그런데 그 친구 지금은 어디에 살고 있을까? 포치탐스카야 거리, 아니면 고로호바야 거리? 방세를 다 내지 않으려고 자주 이사를 다닌단 말이야. 그냥 포치탐스카야로 보내야지. (편지를 접고 서명을 한다.)

오시프가 양초를 가져온다. 홀레스타코프는 편지를 봉인한다. 이때 데르지모르다의 목소리가 들린다. '거기 수염 난 놈, 어디를 기어들어오는 거야? 아무도 들이지 말라는 명령이야.'

(오시프에게 편지를 준다.) 여기, 가져가.

**상인들의 목소리**  들여보내 주십시오, 나리! 가로막지 마세요. 볼일이 있어서 왔어요.

**데르지모르다의 목소리**  저리 가, 꺼져! 아무도 만나지 않으셔, 주무신다고!

소음이 더 커진다.

**홀레스타코프**  오시프, 저기 무슨 일이야? 웬 소란인지 가서 살펴봐.

**오시프** (창밖을 보면서) 상인 몇명이 들어오려고 하는데, 경찰관이 막고 있습니다. 서류를 흔드는 것을 보니 분명 나리를 만나 뵈려고 하는 것 같습니다.

**흘레스타코프** (창으로 다가가서) 여보게들, 무슨 일인가?

**상인들의 목소리** 자비를 베풀어주십시오. 나리, 청원서를 받아주십시오.

**흘레스타코프** 그 사람들을 들여보내게, 들여보내! 오시프, 그 사람들에게 들어오라고 해.

오시프 퇴장.

(창문으로 청원서들을 받아 그중 한 장을 펼쳐 읽는다.) '제무 각하 귀하, 상인 압둘린이…….' 이게 무슨 소리야? 이런 관등이 어디 있어?

## 10장

흘레스타코프, 상인들. 상인들은 포도주가 든 바구니와 덩어리 설탕을 들고 있다.

**흘레스타코프** 이보게, 무슨 일인가?

**상인들** 저희를 도와주십시오!

**흘레스타코프**. 원하는 게 뭔가?

**상인들** 살려 주십시오, 나리! 억울하게 모욕을 당하고 있습니다.

**흘레스타코프** 누구로부터?

**상인들 중 한 명** 모두 여기 시장 때문입니다. 나리, 이런 시장은 여태껏 본 적이 없습니다. 얼마나 괴롭히는 지 말로 다 할 수 없습니다. 저희 집을 군대 숙영지로 징발해서 죽도록 괴롭히니 차라리 죽는 편이 더 낫겠습니다. 있을 수 없는 일입니다. 한번은 제 수염을 움켜쥐더니 '이런, 타타르 놈!'이라고 하더군요. 저희가 시장에게 존경의 표시를 하지 않았다면 또 모를까, 맹세코 저희는 언제나 예를 잘 갖추었습니다. 시장의 부인과 딸에게 드레스가 필요하다 하실 때 한번도 거절한 적이 없습니다. 하지만 그 정도로는 부족하다는 겁니다! 가게에 오면 눈에 띄는 건 전부 다 가져가버립니다. 옷감을 보면 '이봐, 이것 참 좋은 옷감이군. 내게 주지' 합니다. 한번 가져갔다 하면 50아르신은 족히 넘습니다.

**흘레스타코프** 그게 정말인가? 협잡꾼이로군!

**상인들** 맞습니다! 그런 시장은 한번도 본 적이 없습니다. 그가 나타나기만 하면 모두들 가게 물건들을 숨깁니다. 좋은 것들은 말할 것도 없고 쓰레기나 다름없는 것들도 쓸어갑니다. 칠 년 넘게 통에 들어 있던 자두가 있었습니다. 우리 집 종업원도 먹지 않는 것인데, 시장은 한 움큼 집어 가더군요. 성 안톤의 날이 시장의 명명일이라 하여 온갖 것을 아끼지 않고 다 가져다 주었습니다. 그런데도 그게 다가 아닙니다. 성 오누프리의 날도 자기 명명이랍니다. 그러니 어떻게 하겠습니까? 그 날에도 갖다 바쳤지요.

**흘레스타코프** 완전히 도둑이구만!

**상인들** 그렇고말고요! 조금이라도 반항하면 그 집에는 군대가 진을 치러 옵니다. 무슨 일이라도 생기면 문을 닫아야 합니다. '내가 말이지, 네 놈에게 체형을 내리거나 고문을 할 수는 없지. 그건 말이야, 법으로 금지되었단 말이지. 그 대신, 이봐, 내가 청어 맛을 보여주지!'

**흘레스타코프** 저런 나쁜 놈! 그런 놈은 그저 시베리아로 유형을 보내야 해!

**상인들** 맞습니다. 나리께서 그 사람을 어디로든 처리해 주신다면 모든 일이 잘 될 겁니다. 다만 가능한 한 여기서 되도록 멀리 보내 주십시오. 그리고 나리, 저희의 감사의 인사로 설탕과 포도주를 드리니 부디 사양하지 마십시오.

**흘레스타코프** 아니, 그런 생각은 하지도 마시게. 나는 그 어떤 뇌물도 받지 않아. 다만 300루블 정도를 빌려준다면 그건 또 문제가 다르지. 빌려주는 것이니 받을 수도 있지.

**상인들** 나리! (돈을 꺼낸다.) 300루블이 다 뭡니까? 500루블이라도 드리지요, 그저 도와만 주십시오!

**홀레스타코프** 그러지. 빌려주는 것이니 두말 않고 받겠네.

**상인들** (은쟁반에 돈을 담아서 그에게 바친다.) 이 쟁반도 함께 받아 주시지요.

**홀레브니코프** 그럼, 쟁반도 받지.

**상인들** (인사를 하며) 그러면 설탕도 한꺼번에 받으시지요.

**홀레스타코프** 아니, 나는 뇌물은 절대······.

**오시프** 나리! 왜 받지 않으시는 겁니까? 받으세요! 여행길에는 뭐든 필요한 법입니다. 덩어리설탕과 포도주 바구니를 이리 주시요! 다 주시오! 모두 도움이 될 거요. 거기 그것은 뭡니까? 밧줄입니까? 그 밧줄도 주시오. 여행길에는 밧줄도 쓸모가 있어요. 마차나 뭔가 다른 게 고장 나거나 하면 묶을 수도 있다고요.

**상인들** 그러시다면 원하는 데로 하시지요, 나리. 저희 청을 들어주시지 않으신다면 저희는 앞으로 어떻게 살아야 할지 모르겠습니다. 목을 매 목숨을 끊을 수밖에요.

**홀레스타코프** 반드시 해결해주겠네, 반드시! 내 애를 써 보지.

상인들이 퇴장한다. 여자 목소리가 들린다. '아니, 어디서 감히 내 앞을 가로막아! 내가 너를 그분에게 고발할 테다. 밀지 말라고, 아파!'

거기 누구야? (창문에 다가서며) 거기, 대체 무슨 일인가?

**두 여자의 목소리** 나리, 부탁입니다! 제 말씀 좀 들어주십시오!

**흘레스타코프** (창밖으로) 들여보내게.


# 11장
흘레스타코프, 철물공의 아내, 하사관의 아내.


**철물공의 아내** (발밑에 엎드려 절을 하며) 제발 도와주십시오⋯⋯.

**하사관의 아내** 제발 도와주세요⋯⋯.

**흘레스타코프** 당신들은 누군가?

**하사관의 아내** 하사관의 아내 이바노바입니다.

**철물공의 아내** 저는 철물공의 아내, 이 지역 시민 페브로니야 페트로바 포실렙키나입니다. 제 아버지는⋯⋯.

**흘레스타코프** 잠깐, 한 사람씩 차례로 말하게. 무슨 일인가?

**철물공의 아내**  제발 부탁입니다. 시장을 벌하여 주세요! 천 벌이 내리기를! 그의 자식들과 협잡꾼인 그 인간과 그의 일가친척들까지도 모두 하는 일마다 망해버리기를!

**흘레스타코프**  무슨 일인가?

**철물공의 아내**  그 협잡꾼이 제 남편에게 징집 명령을 내렸지 뭡니까. 사실, 저희 차례도 아니거니와 기혼자를 군대에 보내는 것은 법에도 어긋납니다.

**흘레스타코프**  어떻게 그런 짓을 한 거지?

**철물공의 아내**  그 놈이 그랬어요, 그랬답니다! 이승에서도 저승에서도 천벌을 받을 놈! 그에게 친척 아주머니가 있으면 더러운 일을 겪기를, 아버지가 살아 있다면 그 또한 죽거나 영원히 사레나 들려라! 악당 같은 놈! 원래는 재단사의 술주정뱅이 아들이 군대에 가야 했습니다. 그런데 그 부모가 비싼 뇌물을 주니 이제는 상인의 아내인 판텔레예바의 아들을 보내려고 했어요. 그런데 판텔레예바도 시장 부인에게 옷감 세 필을 보냈답니다. 그러자 저에게 온 겁니다. '자네한테 남편이 무슨 의미가 있나? 쓸모도 없지 않나'하고 말하더군요. 아니, 제 남편이 쓸모가 있는지 없는지는 제 소관 아닙니까? 흉악한 놈! '자네 남편은 도둑이야. 아직은 도둑질을 하지 않았지만 조만간 도둑질을 할 거야. 그게 아니라도 내년에는 보충병으로 군대에 가게 되어 있어.' 라고 말했답니다. 남편 없이 저는 어떻게 살라고요! 사기꾼! 저는 힘없는 여자입니다. 그 놈이 죽일 놈이지요! 그 인간의 일가친척 모두가 지옥에 떨어지기를! 만일 장모가 있다면 그 장모에게도……

**흘레스타코프**  알았네, 알았어. 그럼 당신은? (노파를 배웅한다.)

**철물공의 아내**  (퇴장하면서) 제발 잊지 마세요, 나리! 자비를 베풀어 주세요!

**하사관의 아내**  시장의 일로 부탁드릴 일이 있습니다……

**흘레스타코프**  그래, 무슨 일로 왔는가? 간단히 말하게.

**하사관의 아내**  저를 채찍으로 때렸습니다, 나리!

**흘레브니코프**  어떻게 그런 일이 있지?

**하사관의 아내**  실수랍니다, 나리! 시장에서 부녀자들 간에 싸움이 났는데, 경찰이 뒤늦게 와서는 죄 없는 저를 붙잡아 매질을 했습니다. 그 덕분에 이틀 동안 제대로 앉을 수도 없었지요.

**흘레스타코프**  그럼 이제 와서 어쩌자는 말인가?

**하사관의 아내**  물론 지난 일이지요. 그렇지만 잘못에 대한 보상금이라도 받게 해 주십시오. 그거라도 받아야지요. 지금 저는 한 푼이 아쉬운 처지니까요.

**흘레스타코프** 알겠네, 알겠어. 그만 가 보게, 가 봐! 내가 알아서 처리해 보지.

　　　　　창문으로 청원서를 든 손들이 쑥 들어온다.

거기 누가 또 있어? (창문에 가까이 간다.) 그만, 됐어! 필요 없어, 끝! (물러서면서) 질렸어, 빌어먹을! 아무도 들이지 마, 오시프!

**오시프** (창밖으로 소리친다.) 가요, 가! 늦었소, 내일 오시오!

문이 열리더니 허름한 외투를 입은 어떤 사람의 모습이 보인다.
수염도 깎지 않은 얼굴에 입술은 부어터진 채 한쪽 뺨은 붕대를 감고 있다. 그 사람 뒤로 다른 몇 사람이 더 보인다.

가, 가란 말이야! 어딜 기어들어와? (앞 사람의 배를 두 손으로 밀치며 복도로 몰아낸 후 문을 쾅하고 닫는다.)

# 12장

흘레스타코프, 마리야 안토노브나.


**마리야 안토노브나** 어머나!

**흘레스타코프** 아가씨, 왜 그렇게 놀라십니까!

**마리야 안토노브나** 아니에요, 놀라지 않았어요.

**흘레스타코프** (우쭐댄다.) 아가씨가 저를 그런…… 사람으로 보셨다니 정말 기쁘기 한량없습니다. 어디를 가시려 던 중인지 여쭈어 보아도 될까요?

**마리야 안토노브나** 아무 데도 가려고 하지 않는데요.

**흘레스타코프** 그러면 왜 아무 데도 가려고 하지 않으시나 요?

**마리야 안토노브나** 어머니가 여기 계시나 해서…….

**흘레스타코프** 아니요, 왜 아무 데도 가려 하지 않으시는지 정말 알고 싶군요.

**마리야 안토노브나** 제가 방해가 되었나 보네요. 중요한 업무 를 처리하고 계셨군요.

**흘레스타코프** (우쭐댄다.) 아가씨의 눈동자가 업무보다 더 좋 군요……. 방해라니요. 절대로 아닙니다. 오히려 기쁨 을 주고 계십니다.

**마리야 안토노브나** 페테르부르크 식으로 말씀하시는 군요.

**흘레스타코프** 아가씨처럼 이렇게 아름다운 분에게는 그래야지요. 아가씨에게 의자를 권할 수 있는 행운을 허락해 주시겠는지요? 아니, 아가씨에게는 의자가 아니라 옥좌가 어울리겠군요.

**마리야 안토노브나** 안되는데……. 가야되는데요. (앉는다.)

**흘레스타코프** 정말 아름다운 스카프군요!

**마리야 안토노브나** 저를 놀리시는군요. 시골뜨기라고 조롱하시는 거지요?

**흘레스타코프** 아가씨의 백합 같은 목을 감싸는 그 스카프가 될 수만 있다면 얼마나 좋을 까요!

**마리야 안토노브나** 무슨 말씀을 하시는 건지 도무지 알아들을 수가 없네요. 무슨 스카프 말씀이신지……. 오늘 날씨는 정말 이상해요!

**흘레스타코프** 아가씨의 입술은 그 어떤 날씨보다도 더 훌륭합니다.

**마리야 안토노브나** 또 그런 말씀을……. 그것보다는 기념으로 앨범에 시라도 남겨주시면 하는 바람이 있어요. 분명 시를 잘 아실 것 같은데요.

**흘레스타코프** 아가씨가 원하신다면 무엇이든 해드리겠습니다. 어떤 시를 원하시는지요?

**마리야 안토노브나** 뭔가 훌륭하면서도 새로운 그런 걸로…….

**흘레스타코프** 시가 뭐 별건가요? 시라면 많이 알고 있습니다.

**마리야 안토노브나** 그러면 어떤 시를 제게 써주실 지 말씀해
주세요

**흘레스타코프** 말이 필요 있겠습니까? 그렇지 않아도 제가 다
알고 있는걸요.

**마리야 안토노브나** 저는 시를 정말 사랑해요…….

**흘레스타코프** 저는 여러 가지 시들을 알고 있어요. 이건 어
떻습니까? '오, 그대여, 왜 헛되이 슬픔에 잠겨 신을 원
망하는가!' 다른 것도 있는데……. 지금 기억이 잘 나
지 않지만 중요한 것은 아닙니다. 대신에 당신의 눈길
이 불러일으킨 제 사랑을 보여드리는 것이 더 나을 것
같군요……. (의자를 당겨 앉는다.)

**마리야 안토노브나** 사랑이라고요! 저는 사랑은 몰라요…….
사랑이 뭔지 전혀 몰라요. (의자를 뒤로 무른다.)

**흘레스타코프** 의자는 왜 뒤로 무르시는 겁니까? 서로 가까이
앉는 게 좋을 것 같은데요.

**마리야 안토노브나** (물러서며) 가까이 앉아야할 이유가 뭐죠?
멀리 있어도 마찬가진걸요.

**흘레스타코프** (가까이 앉으며) 왜 멀리 앉아야 하죠? 가까이 있
어도 마찬가지인걸요.

**마리야 안토노브나** (물러서며) 왜 그러시는 거예요?

**흘레스타코프** (가까이 앉으며) 당신만 가깝다고 느끼시는 겁니다. 멀다고 생각을 하세요. 당신을 가슴에 안을 수만 있다면 얼마나 행복할까요?

**마리야 안토노브나** (창밖을 바라본다.) 저기 뭔가 날아간 것 같은데, 뭘까요? 까치일까요, 아니면 다른 새일까요?

**흘레스타코프** (그녀의 어깨에 입을 맞추며 창밖을 본다.) 까치군요.

**마리야 안토노브나** (분노에 차서 일어난다.) 아니, 이건 도가 지나치군요……. 너무 무례하세요!

**흘레스타코프** (그녀를 붙잡으며) 용서해주세요. 사랑 때문에 그런 겁니다. 사랑 때문에…….

**마리야 안토노브나** 나를 시골뜨기로 생각하시는군요. (몸을 빼려고 애를 쓴다.)

**흘레스타코프** (그녀를 계속 붙잡으며) 사랑 때문이에요, 사랑. 그냥 농담입니다. 마리야 안토노브나, 화내지 마세요! 무릎을 꿇고 용서를 빌겠습니다. (무릎을 꿇는다.) 용서해 주십시오, 죄송합니다! 보세요, 제가 이렇게 무릎을 꿇었습니다.

# 13장

같은 인물들, 안나 안드레예브나.


**안나 안드레예브나** (흘레스타코프가 무릎을 꿇고 있는 것을 보고) 어머나, 이게 웬일이야!

**흘레스타코프** (일어서며) 에이, 제기랄!

**안나 안드레예브나** (딸에게) 얘, 이게 도대체 무슨 일이니? 이 분이 왜 이런 행동을 하시지?

**마리야 안토노브나** 어머니, 제가……

**안나 안드레예브나** 여기서 당장 나가! 듣고 있니? 나가라고, 나가! 내 눈 앞에 얼씬도 하지 마!


**마리야 안토노브나가 눈물을 흘리며 퇴장한다.**


죄송합니다. 솔직히 말씀드려서 너무 놀라서……

**흘레스타코프** (방백) 이 여자도 아주 마음에 드는군, 아주 나쁘지 않아. (무릎을 꿇는다.) 부인, 사랑에 불타는 제가 보이십니까?

**안나 안드레예브나** 아니, 왜 무릎을 꿇으시죠? 아, 일어나세요, 어서요! 여기 바닥이 아주 지저분해요.

**흘레스타코프** 아닙니다. 무릎을 꿇겠습니다. 반드시 무릎을 뚫어야 합니다! 저의 운명이 무엇인지 알아야겠습니다. 죽어야 할까요, 아니면 살아야 할까요?

**안나 안드레예브나**  말씀의 뜻을 정확하게 모르겠어요. 제가 오해한 것이 아니라면, 제 딸아이에게 청혼을 하고 계시지 않았나요?

**흘레스타코프**  아닙니다. 저는 당신을 사랑합니다. 제 생명은 기로에 있습니다. 만약 부인이 한결같은 제 사랑을 받아주시지 않는다면 저는 이 세상에 존재할 가치가 없습니다. 가슴속에 타오르는 사랑의 불꽃을 담아 부인께 간청합니다.

**안나 안드레예브나**  하지만 생각해 보세요. 저는 어느 면에서 보면……. 결혼한 몸인데요.

**흘레스타코프**  상관없습니다! 사랑에는 국경도 없다지 않습니까. 카람진도 말했지요. '법이 심판할 것이다'* 우리는 강물의 품으로 떠나면 되지요……. 당신의 손을, 부디 손을 내밀어 주세요!

---

* 니콜라이 카람진의 단편 〈보른홀름 섬〉(1794)에 나오는 시.

# 14장

같은 인물들, 마리야 안토노브나.

마리야 안토노브나가 갑자기 뛰어 들어온다.

**마리야 안토노브나**  어머니, 아버지 말씀이 어머니께서…….
(무릎을 꿇고 있는 홀레스타코프를 보고 소리를 지른다.) 어머,
이게 웬일이야!

**안나 안드레예브나**  무슨 일이니? 왜 그래? 뭣 땜에? 경박하
기는! 꽁지에 불붙은 고양이마냥 갑자기 뛰어 들어오
더니 뭐가 어쨌다고 그리 놀라는 거야? 또 무슨 말도
안 되는 생각을 하는 거야? 세 살 먹은 어린애 같으니.
누가 너를 열여덟 처녀라고 생각하겠어? 언제쯤 철이
들어 교육 잘 받은 아가씨처럼 행동하고, 얌전하게 처
신할지 모르겠구나.

**마리야 안토노브나**  (눈물을 흘리며) 어머니, 저는, 잘 모르겠어
요…….

**안나 안드레예브나**  네 머릿속에는 항상 헛바람이 들어가 있
잖니. 랴프킨-탸프킨의 딸들을 따라할 생각을 하다니.
걔들이 뭐 볼게 있니? 그런 애들은 처다 볼 필요도 없
어. 다른 본보기가 있잖니. 여기 네 앞에 있는 이 엄마
말이다. 네가 본보기로 삼을 사람은 바로 엄마야.

**흘레스타코프**  (딸의 손을 잡으며) 안나 안드레예브나, 저희 두 사람의 행복을 반대하지 마십시오. 저희의 영원한 사랑을 축복해주세요.

**안나 안드레예브나**  (놀라서) 당신이 사랑하는 것이 이 애라고요?

**흘레스타코프**  살아야 할지, 죽어야 할지 결정해 주십시오.

**안나 안드레예브나**  이것 봐, 멍청아, 이것 보라고! 너 같이 쓸모없는 것 때문에 귀한 분이 무릎을 꿇었잖아. 그런데도 너는 미친 여자처럼 느닷없이 뛰어 들어오다니. 아무래도, 이 청혼을 거절해야겠어. 너는 그런 행복을 누릴 자격이 없어.

**마리야 안토노브나**  다시는 안 그럴게요, 어머니. 절대로 안 그럴게요.

## 15장

같은 인물들, 시장. 시장이 황급히 들어온다.

**시장**  각하! 살려주십시오! 살려주세요!

**흘레스타코프**  무슨 일이십니까?

**시장** 여기 상인들이 각하에게 청원을 하러 왔었지요? 제 명예를 걸고 말씀드립니다만 그 작자들이 말한 이야기는 사실이 아닙니다. 그 작자들이 거짓말을 하고 사람들을 속이는 것입니다. 하사관의 마누라도 마치 제가 자기를 매질한 것처럼 각하에게 말했겠지만 절대 사실이 아닙니다. 맹세코 그 여자가 거짓말을 하고 있는 것입니다. 그 여자가 제 손으로 제 몸을 때렸다니까요.

**흘레브니코프** 하사관 마누라는 지옥에나 가라고 하세요. 그 여자까지 신경 쓸 겨를이 없어요.

**시장** 믿지 마세요, 믿으시면 안 됩니다! 그 작자들이 어찌나 거짓말을 잘 하는지……. 애들도 그자들 말은 믿지 않습니다. 그자들이 거짓말쟁이라는 것은 온 도시가 다 알고 있는 사실입니다. 그자들은 세상에 둘도 없는 사기꾼들입니다.

**안나 안드레예브나** 이반 알렉산드로비치께서 우리에게 어떤 영광을 안겨 주었는지 알아요? 우리 딸에게 청혼을 하셨다고요.

**시장** 뭐라고! 뭐! 당신, 정신이 나갔군! 각하, 화내지 말아주십시오. 아내가 좀 멍청한 데가 있답니다. 장모를 닮았지요.

**흘레스타코프** 아닙니다, 제가 청혼 한 것이 맞습니다. 사랑에 빠졌어요.

**시장** 믿을 수가 없습니다, 각하!

**안나 안드레예브나** 그렇다고 지금 말씀하시는데도 그러시네.

**흘레스타코프** 농담 아닙니다…… . 사랑 때문에 정신이 나갈 것 같습니다.

**시장** 감히 믿을 수가 없네요. 저는 그런 영광을 받을 자격이 없습니다.

**흘레스타코프** 마리야 안토노브나와의 결혼을 허락하지 않으신다면 제가 무슨 일을 저지를지 모르겠습니다…… .

**시장** 믿을 수가 없습니다. 농담이지요, 각하?

**안나 안드레예브나** 아휴, 이런 답답한 인사를 봤나! 각하가 알아먹게 잘 설명을 해 주시잖아요!

**시장** 믿을 수가 없어.

**흘레스타코프** 따님을 제게 주세요. 제발! 저는 극단적인 사람입니다. 무슨 일이든 할 수 있어요. 제가 권총으로 자살이라도 한다면 당신은 재판을 받아야 할 것입니다.

**시장** 아이고, 맙소사! 맹세코 저는 몸도 마음도 결백합니다. 화내지 마세요! 원하는 데로 하시지요. 지금 제 머릿속이 …… . 뭐가 어떻게 돌아가는지 하나도 모르겠습니다. 이렇게 바보가 된 적이 없었어요.

**안나 안드레예브나** 그냥 축복해 주세요!

홀레스타코프와 마리야 안토노브나가 함께 시장 앞으로 다가선다.

**시장**  신께서 두 사람을 축복하시기를. 그런데 저는 결백합니다.

홀레스타코프와 마리야 안토노브나는 서로 키스한다.

시장이 그들을 바라본다.

빌어먹을! 진짜야! (두 눈을 비빈다.) 키스를 하고 있네! 아, 두 사람이 키스를 해! 진짜 내 사위가 됐네! (기쁨에 차서 펄쩍펄쩍 뛰면서 소리를 지른다.) 좋구나, 안톤! 좋아, 안톤! 잘했어, 시장! 일이 술술 풀리는구나!

# 16장
같은 인물들, 오시프.

**오시프**  말이 준비되었습니다.

**홀레스타코프**  좋아……. 지금 나가지.

**시장**  네? 지금 가신다고요?

144

**홀레스타코프** 네, 그렇습니다.

**시장** 그러면 언제, 그러니까……. 결혼식은 어떻게 되는 겁니까?

**홀레스타코프** 그건……. 잠깐이면 됩니다……. 숙부님 댁이 하룻길이니 내일이면 돌아 올 겁니다. 부유한 노인네지요.

**시장** 무사히 돌아오시길 빌겠습니다. 더는 붙잡지 않겠습니다.

**홀레스타코프** 그럼요, 그렇고말고요. 빨리 다녀오겠습니다. 안녕, 내 사랑……. 아니, 뭐라 말을 해야 할지 모르겠군! 잘 있어요, 귀여운 여인! (그녀의 손에 입을 맞춘다.)

**시장** 가시는 길에 뭐 필요한 것은 없으신지요? 돈이 필요하시지는 않은가요?

**홀레스타코프** 아, 아닙니다. 쓸데가 어디 있겠습니까? (조금 생각한 후) 뭐, 정 그러시다면 좀 주시지요.

**시장** 얼마나 필요하신지요?

**홀레스타코프** 지난번에 200루블을 주셨지요. 아니, 200루블이 아니라 400루블을 주셨지요. 시장님의 실수를 이용하고 싶지는 않습니다만 정확히 800루블이 되도록 주시면 되겠습니다.

**시장** 바로 대령하겠습니다! (지갑에서 돈을 꺼낸다.) 기왕이면

빳빳한 새 돈으로 드리겠습니다.

**흘레스타코프**  네, 그러시지요! (돈을 받아서 지폐를 살핀다.)
이것 참 좋군요. 새 돈을 받으면 새로운 행복이 온다
지요.

**시장**  네, 맞습니다.

**흘레스타코프**  안녕히 계세요, 안톤 안토노비치! 큰 은혜를
입었습니다. 진심으로 감사 드립니다. 이렇게 저를 따
뜻하게 맞아준 곳은 없었습니다. 안녕히 계세요, 안나
안드레예브나! 안녕, 내 사랑, 마리야 안토노브나!

**퇴장한다.**

**무대 뒤에서**

**흘레스타코프의 목소리**  잘 있어요, 내 천사, 마리야 안토노브
나!

**시장의 목소리**  어찌 된 일입니까? 그냥 역마차를 타고 가시
는 겁니까?

**흘레스타코프의 목소리**  그럼요, 익숙한 걸요. 승용마차는 수
프링 때문에 머리가 아파요.

**마부의 목소리**  워, 워.

**시장의 목소리**  최소한 뭐라도 좀 까는 것이 어떨까요? 하다

못해 양탄자라도 말입니다. 양탄자를 가져오라고 해도 되겠습니까?

**홀레스타코프의 목소리** 됐어요, 뭐하게요? 그럴 필요까지는…… . 정 그러시면 양탄자를 가져오라고 하세요.

**시장의 목소리** 어이, 아브도티야! 창고에 가서 제일 좋은 양탄자를 꺼내 와. 하늘색 페르시아산 양탄자. 어서!

**마부의 목소리** 워, 워…… .

**시장의 목소리** 그럼 언제 돌아오시는 걸로 알고 있으면 될까요?

**홀레스타코프** 내일이나 모레면 옵니다.

**오시프의 목소리** 어, 이게 그 양탄자군? 이리 가져와서 이렇게 깔게! 이쪽에는 짚을 좀 채우고.

**마부의 목소리** 워, 워…… .

**오시프의 목소리** 이쪽이라니까! 여기! 좀 더 채워! 됐어! 편안하겠군! (손으로 양탄자를 두드린다.) 이제 앉으시지요, 나리!

**홀레스타코프의 목소리** 안녕히 계십시오, 안톤 안토노비치!

**시장의 목소리** 안녕히 가십시오, 각하!

**여자들 목소리** 무사히 다녀오세요, 이반 알렉산드로비치!

**홀레스타코프의 목소리** 부인, 안녕히 계십시오!

**마부의 목소리** 이랴, 달려 볼까!

방울소리가 울린다. 막이 내린다.

# 5막

같은 방.

## 1장

시장, 안나 안드레예브나, 마리야 안토노브나.

**시장** 어떻소, 안나 안드레예브나! 어? 이런 일을 생각이나 해 봤소? 생각지도 못한 큰 행운이야, 정말 좋군! 솔직히 말해 봐요. 이런 일이 생길 줄은 꿈에도 생각하지 못했지? 한낱 시장 부인에서 갑자기……. 아휴, 정말 좋군! 귀신에 홀린 것 같네!

**안나 안드레예브나** 그렇지 않아요. 나는 오래전부터 이런 일이 있을 줄 알았어요. 당신같이 평범한 사람한테나 놀랄 일이죠. 그런 수준 높은 사람은 만나 본 적도 없으니 말이에요.

**시장** 이봐, 나도 수준 높은 사람이라고. 그런데, 안나 안드레예브나, 당신도 좀 생각해봐요. 지금 우리가 어떤 놈을 건진 건지 말이요! 안나 안드레예브나! 아주 높은 분이란 말이요, 제기랄! 청원, 밀고를 좋아하는 놈들 모두에게 본때를 보여 줄 테니 조금만 기다려라. 어이, 거기 누가 있나?

**경찰관이 들어온다.**

아, 이반 카르포비치! 자네, 가서 상인들을 오라고 해. 그 악당들을 가만 두지 않을 거야! 나를 고소했다 이거지? 저주받을 유대인 놈들! 이놈들, 두고 봐라! 여태까지는 내가 네놈들을 봐줬지만 이제는 배가 터지게 보살펴주지. 고소하러 온 놈들 이름을 모두 다 적어 봐. 그리고 무엇보다 그자들에게 진정서를 대필해준 글쟁이의 이름부터 우선적으로 적어. 모두에게 확실하게 전해. 하느님께서 이 시장에게 어떤 영광을 내리셨는지 말이야. 시장이, 평범한 놈이 아니라 여태 없었던 놀라운 능력자에게 딸을 시집보낸다고 말이지. 모슨 일이든 다 할 수 있는 그런 분! 모두에게 확실히 전하라고! 모든 시민이 들을 수 있도록 고함을 치고 종을 울리라고, 제기랄! 축하할 건 축하해야지!

**경찰관이 퇴장한다.**

어떻소, 안나 안드레예브나, 어? 그럼 앞으로 우리 어디에 가서 살까? 여기, 아니면 페테르부르크?

**안나 안드레예브나** 당연히 페테르부르크죠. 어떻게 여기 있을 수 있겠어요!

**시장** 그렇지, 페테르부르크! 뭐, 살려고 하면 살 수도 있지만 말이야. 그래도 여기 있는 게 더 나을 수도 있어요. 내 생각엔 그때 가면 시장 일도 별거 아닐 걸? 그렇지 않소, 안나 안드레예브나?

**안나 안드레예브나** 당연하죠, 시장 일이 다 뭐예요!

**시장** 당신 생각대로 높은 자리를 얻을 수 있을 거야. 그 친구가 장관들과도 친하고 궁정 출입도 한다니까 말이야. 조만간 장관으로 승진을 할지도 몰라. 안나 안드레예브나, 어때, 내가 장관이 될 수 있을까?

**안나 안드레예브나** 그렇고말고요! 물론이죠.

**시장** 제기랄, 장군이 되면 정말 좋을 거야! 어깨에 술을 달아 주겠지. 안나, 안드레예브나, 어떤 술을 달면 좋을 것 같소? 붉은색 아니면 하늘색*?

---

\* 어깨에 걸치는 리본형 훈장. 하늘색 술은 사도 안드레이 훈장으로 러시아 최고 훈장이며 붉은색 술은 그 보다는 낮은 알렉산드르 네프스키 훈장을 말한다.

**안나 안드레예브나** 물론 하늘색이 더 낫죠.

**시장** 뭐? 이것 보게, 욕심도 크군! 붉은색도 좋다고. 사실 장
군이 되고 싶은 이유가 뭐냐면 말이지, 어디를 갈 때
면 사방에서 전령과 부관들이 먼저 출동해서 '말을 대
령해!'하고 말하지. 그러면 거기 역참에서는 아무에게
도 말을 주지 않겠지. 9등관이든, 대위든, 시장이든 할
거 없이 모두 내가 나오기를 기다리는 거야. 그러면 나
는 무심한 표정을 짓고 나타나는 거지. 또 어느 현지사
의 집에서 식사를 하는 일도 있을 거야. 그럴 때면 시
장 따위에게는 서서 기다리라고 해야지. 헤헤헤! (자지
러지게 웃는다.) 제길, 진짜 좋겠군!

**안나 안드레예브나** 당신은 그렇게 비열한 짓만 좋아한다니
까. 생활을 완전히 바꿔야 한다는 걸 명심하세요. 앞으
로 당신이 친하게 지낼 사람들은 토끼나 잡으러 다니
는 개장수-판사, 제믈랴니카 같은 그런 인간이 아니라
고요. 이제 당신은 공작들과 사교계인사들과 세련된
만남을 가질 거라고요. 나는 정말 당신이 걱정이에요.
가끔 당신은 교양 있는 모임에서는 절대 들을 수 없는
그런 말을 한다고요.

**시장** 무슨 소리? 말이 사람에게 해롭게 하지는 않아.

**안나 안드레예브나** 당신이 시장일 때는 괜찮아요. 하지만 거

기 생활은 완전히 다르다고요.

**시장** 거기에 가면 붕장어와 황어라는 생선이 있다는데, 입 안에 넣자마자 침이 흐를 만큼 맛있다고 하더군.

**안나 안드레예브나** 생선 같은 소리 하시네! 내가 원하는 건 우리 집이 페테르부르크에서 제일 가는 집이 되는 거예요. 내 방에서는 너무 좋은 향이 나서 눈을 이렇게 지그시 감고 들어가야 하는 거죠. (눈을 지그시 감으며 냄새를 맡는다.) 아, 정말 멋져!


## 2장

### 같은 인물들, 상인들.


**시장** 어! 이보게들, 안녕들 하신가!

**상인들** (인사를 하며) 만수무강 하십시오, 나리!

**시장** 어떻게 지내나. 장사는 잘 되고? 사모바르* 장수, 포목 장수, 네놈들이 나를 고소했다지? 이런 악당들, 잡귀에 사기꾼들! 청원서를 내? 뭐, 내가 많이 받아먹었다고? 나를 감옥에 처넣을 생각이겠지! 네놈들 아가리에 일

---

* 러시아의 가정에서 물을 끓이는 데 사용하는 주전자 - 역주

곱 마귀와 한 마녀를 쳐 넣어…….

**안나 안드레예브나** 아휴, 세상에, 안토샤*, 도대체 무슨 말을
그렇게 험하게 하세요!

**시장** (불만에 가득 차) 아니, 지금 조심할게 뭐가 있어! 네놈
들이 진정서를 낸 그 관리가 곧 내 딸과 결혼할 거라
는 소식은 들었나? 응? 이제 무슨 말씀들을 하시려나?
이번엔 내가 네놈들을 혼내 주겠어! 사람들을 속이
고…… 계약을 맺고는 쓰레기 같은 옷감을 납품하고
10만 루블을 받아 챙겨! 게다가 나한테는 겨우 20아
르신을 바치고, 그래도 잘했다고 상까지 받기를 원해?
만약 상부에서 이 일을 안다면 너희들은 그냥……. 그
러고도 배때기를 쑥 내밀고 '나는 상인이다. 건들지 마
라.', '우리도 귀족 못지않다.'하면서 거들먹거리고 말
이야. 귀족 좋아하네……. 네놈의 낯짝을! 귀족은 공
부를 하지. 학교에서 매를 맞기도 하지만 그것은 유용
한 것을 배우기 위해서야. 그런데 네놈들은 뭐냐? 사
기 치는 것부터 배우면서 인생 시작하잖아. 네놈도 주
인에게 매를 맞았겠지만 그건 거짓말을 잘하지 못한
다는 이유에서지. 어린 녀석이 〈주기도문〉도 모르면
서 벌써 눈금 속이는 걸 익히지. 배에 기름기가 끼고

---

* 안톤의 애칭 - 역주

호주머니까지 그득히 채우더니 이제는 거드름을 피워! 하, 놀라우셔라! 네 놈은 하루에 사모바르를 열여섯 개를 팔아치웠다고 우쭐대는구나? 그 거들먹거리는 대가리에 침을 뱉어주지!

**상인들** (굽실거리며) 잘못 했습니다, 안톤 안토노비치!

**시장** 고소를 해? 네 놈이 다리를 지으면서 100루블도 안 되는 목재 값으로 2만 루블로 부풀려 청구했을 때 누가 도와줬어? 바로 나야, 이 염소 수염 같은 놈! 잊었어? 그 일을 밝혀서 네 놈을 시베리아로 보내 버렸어야 했는데. 무슨 말이라도 좀 해보지? 어?

**상인 중 한 명** 저희가 잘못 했습니다, 안톤 안토노비치! 악마에 홀렸나 봅니다. 무슨 일이든 시키는 대로 하겠으니 화를 푸십시오!

**시장** 화를 풀라고! 이제야 내 발밑에서 설설 기는 군. 왜? 왜냐하면 내가 이겼기 때문이지. 만약 조금이라도 네놈들에게 유리한 상황이었다면, 네놈들은 나를 더러운 진창에 처박고, 그것도 모자라 그 위에 통나무를 잔뜩 올려 납작하게 만들었을 거야.

**상인들** (무릎을 꿇고 절을 하며) 살려주십시오, 안톤 안토노비치!

**시장** 살려 달라! 이제 와서 살려 달라고! 그런 놈들이 전에는 무슨 짓을 한 거야? 네놈들을 내가……. (손을 휘저으며) 좋아, 신이 용서해주시겠지! 그만! 나는 뒤끝이 없는 사람이야. 하지만 이제부터 조심해, 정신 바짝 차리라고! 내 딸과 결혼할 사람은 시시한 귀족이 아니야. 그러니 축하도 그에 어울리는……. 무슨 소리인지 알겠지? 말린 생선 나부랭이나 덩어리 설탕 같은 걸로 빠져나갈 수 없다 이 말이야……. 자, 이제 가 봐!

**상인들이 퇴장한다.**

## 3장

같은 인물들, 암모스 표도로비치, 아르테미 필립포비치,

나중에 라스타콥스키.

**암모스 표도로비치** (문에서부터) 안톤 안토노비치, 소문을 믿어도 되는 건가요? 엄청난 복이 굴러 들어왔다면서요?

**아르테미 필립포비치** 축하드립니다. 그 소식을 듣고 진심으로 기뻤습니다. (안나 안드레예브나의 손에 입을 맞춘다.) 안나 안드레예브나! (마리야 안토노브나의 손에 입을 맞춘다.)

마리야 안토노브나!

**라스타콥스키** (들어온다.) 안톤 안토노비치, 축하합니다. 부디
시장님 내외분과 신혼부부 모두 오래 사시고 손자며
증손자까지 자손 많이 보시기 기원합니다! 안나 안드
레예브나! (안나 안드레예브나의 손에 입을 맞춘다.) 마리야
안토노브나! (마리야 안토노브나의 손에 입을 맞춘다.)

# 4장

**같은 인물들, 코로브킨, 그의 아내, 률류코프.**

**코로브킨** 안톤 안토니비치, 축하드립니다! (안나 안드레예브나
의 손에 입을 맞춘다.) 마리야 안토노브나! (그녀의 손에 입
을 맞춘다.)

**코로브킨의 아내** 안나 안토노브나, 새로운 행복을 진심으로
축하드려요.

**률류코프** 안나 안드레예브나, 축하드립니다. (손에 입을 맞추
고 관객을 향해 대담하게 혀를 튕겨 소리를 낸다.) 마리야 안
토노브나! 축하드립니다. (그녀의 손에 입을 맞추고는 과감
하게 관객을 향해 같은 행동을 한다.)

# 5장

연미복과 프록코트를 입은 많은 손님이 먼저 '안나 안드레예브나!'하면

서 안나 안드레예브나의 손에 입을 맞춘 후, '마리야 안토노브나!'하면서

마리야 안토노브나의 손에 입을 맞춘다.

보브친스키와 도브친스키가 사람들을 밀치고 나온다.


**보브친스키** 축하드립니다!

**도브친스키** 안톤 안토노비치! 축하드립니다!

**보브친스키** 은혜로운 일입니다!

**도브친스키** 안나 안드레예브나!

**보브친스키** 안나 안드레예브나!


두 사람이 동시에 다가서는 바람에 이마가 서로 부딪힌다.


**도브친스키** 마리야 안토노브나! (손에 입을 맞춘다.) 축하드립
니다. 행복하실 겁니다. 황금으로 지은 옷을 입으시고
여러 가지 맛난 수프도 드시게 될 겁니다. 아주 즐거운
시간도 보내게 되실 테지요.

**보브친스키** (끼어들며) 마리야 안토노브나! 축하드립니다. 부
디 온갖 부를 누리시고 손등에 앉힐만한 (손으로 보여준
다.) 요만한 조그만 아들도 얻으시기를 기원합니다! 아

이가 응애, 응애, 응애!


# 6장

두 사람의 손에 입을 맞추는 손님 몇 명, 루카 루키치, 그의 아내.


**루카 루키치** 축하…….

**루카 루키치의 아내** (앞으로 달려간다.) 안나 안드레예브나, 축
해드려요!


서로 입을 맞춘다.


소식듣고 얼마나 기뻤다고요. 사람들이 그러더라고
요. '안나 안드레예브나가 딸을 시집보낸다.' '어머나,
세상에!'하고 생각했지요. 너무 기뻐서 남편에게 '루칸
칙*, 안나 안드레예브나는 정말 복도 많아요!'하고 말
했어요. '정말 잘됐군'하고 생각했지요. 그리고 남편에
게 '너무 좋아서 안나 안드레예브나를 직접 뵙고 축하
의 인사를 드리고 싶어 못 견디겠어요.'하고 말했죠.

---

\* 루카의 애칭-역주

'어머나, 세상에! 안나 안드레예브나는 따님이 훌륭한 짝을 만날거라고 기대했었는데, 이렇게 운명이 찾아올 줄이야. 원하시던 대로 이루어졌어.'하고 생각했답니다. 너무 기뻐서 한마디도 못하고 울고 또 울다가, 결국 엉엉 울었답니다. 그랬더니 루카 루키치가 '나스텐카, 당신, 왜 우는 거야?'하고 묻더군요. '루칸칙, 나도 모르겠어요, 눈물이 그냥 강물처럼 쏟아져요'하고 대답했답니다.

**시장** 여러분, 편히 앉으세요! 어이, 미시카, 여기 의자를 더 가져와.

## 7장
### 같은 인물들, 경찰서장, 경찰관들.

**경찰서장** 각하, 축하드리며 무사 평안을 기원합니다!

**시장** 고맙네, 고마워! 편히 앉으시게!

손님들이 자리에 앉는다.

**암모스 표도로비치** 그런데, 안톤 안토노비치, 이 모든 일이 어떻게 시작된 건가요? 어떻게 진행된 일인지 말씀 좀 해주시지요.

**시장** 대단했지요. 그분이 직접 청혼을 하셨답니다.

**안나 안드레예브나** 극히 정중하면서도 세련된 방식으로 청혼하셨어요. 모든 것이 훌륭했습니다. '안나 안드레예브나, 저는 오직 부인의 품위를 존경하는 마음에서……'하고 말씀하셨어요. 정말이지 잘생기고 세련되고 고상하기 그지없는 분이지요! '안나 안드레예브나, 믿으실지 모르겠지만 제 생명은 한 푼어치도 안 되지만, 오직 부인의 귀한 성품을 존경하는 마음에서 청혼한 것입니다.'

**마리야 안토노브나** 아, 어머니! 그것은 그분이 제게 하신 말씀이에요.

**안나 안드레예브나** 됐어! 너는 정말 아무것도 모르면서 남의 일에 끼어들지 마라! '안나 안드레예브나, 저는 놀랐습니다…….' 그런 식으로 칭찬을 하셨어요……. '우리는 그런 영광은 기대하지도 않습니다.'라고 말하려는데, 그분이 갑자기 무릎을 꿇으시더니 가장 고결한 방식으로 말씀하셨어요. '안나 안드레예브나, 저를 세상에서 가장 불행한 인간으로 만들지 말아주십시오! 제 마

음을 받아 주시겠다고 허락해 주십시오. 그렇지 않으면 저는 죽음으로 이 삶을 마감하겠습니다.'

**마리야 안토노브나**  맞아요, 어머니, 그것은 저한테 한 말씀이세요.

**안나 안드레예브나**  그래, 물론……. 네 얘기도 있긴 했지. 누가 뭐라고 했니.

**시장**  심지어 권총으로 자살하겠다고 하셔서 얼마나 겁이 났는지 모릅니다. '권총으로 자살하고 말겠습니다, 그럴 거예요.'라고 하시더군요.

**손님들 가운데 많은 사람**  좀 더 말씀해주세요!

**암모스 표도로비치**  농담이 아니군!

**루카 루키치**  이거야말로 운명입니다.

**아르테미 필립포비치**  이보게, 이것은 운명이 아니야. 운명이란 불행을 말하는 거지. 시장님께서 성실하게 살아오신 덕분에 이렇게 좋은 일이 생긴거야. (방백) 행운은 항상 이런 돼지 같은 놈의 입에 들어간다니까!

**암모스 표도로비치**  안톤 안토노비치, 지난번에 말씀하신 그 수캐를 시장님께 팔겠습니다.

**시장**  아니요, 지금은 개 따위는 관심도 없어요.

**암모스 표도로비치**  원치 않으시면 다른 개로 골라 보시지요.

**코로브킨의 아내**  아, 안나 안드레예브나, 큰 복을 받으시다니, 정말 기뻐요! 제가 얼마나 기쁜지 모르실거예요.

**코로브킨**  그런데 지금 그 귀빈은 어디 계시는지요? 사정이
있어서 떠나셨다고 들었습니다만.

**시장**  네, 그분은 상당히 중요한 일을 처리하러 가셨는데 하
루만 있으면 돌아오십니다.

**안나 안드레예브나**  결혼을 축복받기 위해 숙부님 댁에 가셨
어요.

**시장**  축복을 받으러 가셨지요. 내일이면……. (재채기를 한
다.)


건강을 기원하는 인사*가 우레처럼 쏟아진다.


감사합니다! 내일이면 그분이 돌아오실……. (재채기를
한다.)


건강을 기원하는 인사 사이로 몇몇 목소리가 뚜렷하게 들린다.


**경찰서장**  각하, 건강하십시오!

**보브친스키**  백 살까지 사시고 부자 되십시오!

**도브친스키**  만수무강하십시오!

---

\* 재채기를 하면 건강을 기원하는 인사를 의례적으로 해준다. -역주

**아르테미 필립포비치** 지옥에나 가버려라!

**코로브킨의 아내** 제기랄!

**시장** 진심으로 감사드립니다! 여러분도 복 많이 받으십시오.

**안나 안드레예브나** 우리는 이제 페테르부르크로 가서 살려고 해요. 여기는 정말이지 공기가 좀⋯⋯. 너무 촌 냄새가 나서! 솔직히 말하면 정말 불쾌하죠⋯⋯. 여기 있는 우리 남편도⋯⋯. 거기서 장군이 되실 거예요.

**시장** 그렇습니다. 여러분, 제기랄, 정말 장군이 되고 싶군요.

**루카 루키치** 그렇게 되시기를!

**라스타콥스키** 인간이 할 수 없는 일도 하느님께서는 하실 수 있지요.

**암모스 표도로비치** 큰 배에는 큰 파도가 필요한 법이지요.

**아르테미 필립포비치** 공을 세우셨으니 마땅히 명예가 따르는 것입니다.

**암모스 표도로비치** (방백) 진짜 장군이 된다면 어처구니없는 일이지! 장군 자리가 저 인간에게 어울리기나 해? 돼지 목에 진주 목걸이지! 그럼, 어림없는 소리. 너보다 훌륭한 사람들도 아직까지 장군이 되지 못했다고.

**아르테미 필립포비치** (방백) 빌어먹을, 턱도 없이 장군 자리를 탐내다니. 어쩜 장군이 될지도 모르지. 거만한 태도를 보면 말이야. 귀신은 저런 놈 안 잡아가고 뭐 하나 몰

164

라. (시장을 쳐다보며) 그 때가 되면, 안톤 안토노비치, 저
희를 잊지 마십시오.

**암모스 표도로비치** 만일 무슨 일이 벌어지면, 예를 들면 업
무상 곤란한 일이 생긴다든지 하면 저희를 보호해 주
십시오.

**코로브킨** 내년에 아들 녀석이 공직에 나설 수 있도록 수도로
데려갈 생각입니다. 부디 제 자식 놈을 보살펴 주십시
오. 애비 대신에 그 녀석을 돌봐 주세요.

**시장** 그렇게 하지요. 애써 보겠습니다.

**안나 안드레예브나** 여보, 안토샤, 당신은 항상 약속부터 하
고 보는군요. 이제 당신에게는 그런 일을 생각할 겨를
이 없을 거예요. 어떻게 그런 약속을 해서 자기 발목을
잡으려고 해요?

**시장** 왜 안 되지? 가끔은 그럴 수도 있잖아.

**안나 안드레예브나** 물론 그럴 수도 있지요. 하지만 하찮은
사람들을 당신이 모두 보살필 수는 없다는 말이에요.

**코로브킨의 아내** 저 여자가 우리를 두고 뭐라고 하는지 여러
분도 들으셨지요?

**손님들** 네, 시장부인은 항상 저런 식이에요. 잘 알지요. 식
탁에 앉히면 다리를 식탁에 올려놓을 여자라니까
요······.

# 8장

## 같은 인물들, 우체국장.

**우체국장이 봉함이 뜯긴 편지를 들고 황급히 들어온다.**

**우체국장** 큰일 났습니다, 여러분! 우리가 감찰관이라고 생각한 사람이 감찰관이 아니었습니다.

**모두** 감찰관이 아니라니요?

**우체국장** 결코 감찰관이 아니에요. 제가 이 편지에서 봤어요…….

**시장** 무슨 말을 하는 겁니까? 무슨 소리냐고? 편지라니?

**우체국장** 그 사람이 쓴 편지 말입니다. 우리 우체국으로 편지를 가져왔더군요. 주소를 보니 '포치탐스카야 거리*'로 되어 있더군요. 얼마나 놀랐던지 넋이 나갔지요. '이런, 우체국의 비리를 발견한 게 틀림없어. 그래서 상부에 보고하려는 거야'하고 생각했지요. 그래서 편지를 열어 봤습니다.

**시장** 당신이 어떻게?

**우체국장** 나도 모르겠습니다. 불가사의한 힘이었어요. 급행으로 보내려고 전령을 불러놨었거든요. 그런데 어찌나 궁금하던지 뜯어보지 않을 수가 없었어요. 한 번

---

* 포치탐스카야는 러시아어로 포치타(우체국)이라는 명사의 형용사형이다. -역주

도 그런 적이 없었는데……. 그럴 수가 없었어요! 없었어! 너무나 유혹적이었어요! 마음 한 쪽에서는 '에이, 뜯으면 안 돼! 암탉처럼 돼져 버리는 수가 있어'하는 소리가, 다른 쪽에서는 '열어, 열어 봐, 열어 보라고'하며 악마가 속삭이는 것 같았어요. 봉인을 뜯을 때는 불덩어리가 혈관을 따라 퍼지는 것 같았습니다. 하지만 편지를 열자마자 온몸이 얼어붙어 버렸습니다. 순식간에 말이지요. 두 손이 떨리고 의식이 흐려졌어요.

**시장**  감히 어떻게 막강한 권한을 가진 귀한 분의 편지를 뜯어볼 생각한 거요?

**우체국장**  제 말이 바로 그 말입니다. 그놈은 전권을 가진 사람도, 귀인도 아니었어요!

**시장**  그럼 당신 생각에는 그가 누구란 말이요?

**우체국장**  아무도 아니란 말이지요. 그자가 누군지는 악마나 알겠지요!

**시장**  (격분하여) 어떻게 아무도 아니란 거요? 어떻게 당신이 그 분을 아무도 아니라고 감히 말할 수가 있소? 더구나 그분이 누군지 악마나 알거라는 말을 어떻게 할 수가 있습니까? 당신을 체포해야…….

**우체국장**  누가요? 시장님이요?

**시장**  그렇소, 내가!

**우체국장** 시장님은 그럴 권한이 없으세요!

**시장** 그분께서 내 딸과 결혼하게 되면 내가 고관이 되어 당신을 시베리아 제일 구석진 곳으로 추방할 테니 명심하시오!

**우체국장** 아휴, 안톤 안토노비치! 시베리아라고요? 시베리아는 어림도 없어요. 바로 편지를 읽어 드리는 게 낫겠군요. 여러분! 편지를 읽어드리겠습니다!

**모두** 읽어주세요, 읽어주세요!

**우체국장** (읽는다.) '이보게, 트랴피치킨, 내게 생긴 놀라운 일을 자네에게 서둘러 알려 주고 싶네. 여행길에 어떤 보병 대위에게 카드 게임을 하다 주머니가 몽땅 털리고 말았다네. 여기 여관 주인은 감옥에 나를 처넣고 싶어 했지. 그런데 나의 페테르부르크 풍의 외모와 의상을 보더니 도시 전체가 갑자기 나를 현지사인 장군이라고 여기기 시작하더군. 지금 나는 시장의 집에서 그의 아내와 딸을 마음대로 희롱하며 마음껏 즐기고 있네. 그 둘 중 누구와 연애를 할까 고민 중이지. 우선은 그 엄마와 연애를 하는 게 좋을 것 같네. 지금 그 엄마라는 여자는 무엇이든 다 해줄 것 같거든. 가난하던 시절에 우리 둘이 공짜로 음식 먹던 일을 기억하나? 과자 집에서 피로그를 먹고 주인에게 영국 국왕에게 세

금 낸 걸로 생각하라고 했더니 그 주인이 내 멱살을 잡

았었지 않나? 이번에는 완전히 정반대의 일이 벌어진

걸세. 모든 사람들이 내가 원하는 대로 돈을 빌려주고

있어. 정말 놀라운 사람들이야. 자네라면 웃다가 그

대로 넘어갈 걸세. 자네는 기사를 쓰니, 자네 잡지에

이 이야기를 써보게. 우선, 시장은 터무니없는 바보일

세…….'

**시장** 그럴 리가 없어! 꾸며낸 말이야.

**우체국장** (편지를 보여주며) 본인이 읽어 보시지요.

**시장** (읽는다.) '터무니없는 바보' 이럴 수가! 당신이 써넣었

군.

**우체국장** 어떻게 내가 써넣습니까?

**아르테미 필립포비치** 계속 읽어 보시오!

**루카 루키치** 계속 읽어요!

**우체국장** (계속 읽는다.) '시장은 터무니없는 바보일세…….'

**시장** 이런, 제기랄! 뭐 하러 같은 말을 또 읽어! 그렇지 않고

서는 말이 안 되나?

**우체국장** (계속 읽는다.) 음……. 음……. 음……. 음……. '터

무니없는 바보일세. 우체국장도 착한 사람이긴 한

데…….' (읽는 것을 멈춘다.) 여기 저한테도 상스런 표현

을 했군요.

**시장** 그냥 읽어요!

**우체국장** 뭐 하려요?

**시장** 이런, 염병, 읽으라면 그냥 읽으시오! 전부 다 읽어요!

**아르테미 필립포비치** 내가 읽지요. (안경을 끼고 읽는다.) '우체
　　　국장은 우리 관청의 수위 미헤예프랑 똑같다네. 아마
　　　이 작자도, 비열한 놈, 보드카를 마시는 게 틀림없어.'

**우체국장** (관객을 향해) 어린놈이 추잡하게. 이런 놈은 그저
　　　매질을 해야 합니다. 다른 방법이 없어요!

**아르테미 필립포비치** (계속 읽는다.) '자선 병원 원장이…….
　　　어……. 어…….' (우물쭈물 한다.)

**코로브킨** 왜 멈추시는 겁니까?

**아르테미 필립포비치** 글씨가 분명치가 않아서……. 아무튼,
　　　그자가 나쁜 놈인 건 확실하군요.

**코로브킨** 나한테 주세요! 내 시력이 더 좋습니다. (편지를 가
　　　져가려고 한다.)

**아르테미 필립포비치** (편지를 내주지 않으며) 아니요, 이 부분은
　　　그냥 넘어가도 될 것 같군요. 여기 뒤 부분은 알아 볼
　　　수 있어요.

**코로브킨** 알았으니 이리 주세요.

**아르테미 필립포비치** 읽는 건 내가 하지요. 그다음은 다 알
　　　아보겠다니까요.

**우체국장**  안됩니다. 전부 읽어주세요! 앞부분은 다 읽었지
　　　　않습니까!

**모두**  주세요, 아르테미 필립포비치. 편지를 내주세요! (코로
　　　　브킨에게) 읽으세요!

**아르테미 필립포비치**  여기 있습니다. (편지를 내준다.) 여기…….
　　　　(손가락으로 가린다.) 여기서부터 읽으시면 됩니다.


**모두가 아르테미 필립포비치에게 다가간다.**


**우체국장**  읽으세요, 읽어! 말도 안 되는 소리 말고 다 읽으세
　　　　요!

**코로브킨**  (읽으며) '자선 병원 원장 제믈랴니카는 작은 모자를
　　　　쓴 돼지랑 똑 닮았네.'

**아르테미 필립포비치**  (관객을 향해) 웃기지 않소! 모자 쓴 돼지
　　　　라니! 어디 돼지가 모자를 쓴단 말입니까?

**코로브킨**  (계속 읽는다.) '교육감은 썩은 양파 냄새를 풍기지.'

**루카 루키치**  (관객을 향해) 양파는 입에 대 본 적도 없습니다.

**암모스 표도로비치**  (방백) 나에 대한 얘기가 없는 게 천만 다
　　　　행이군!

**코로브킨**  (읽는다.) '재판소장.'

**암모스 표도로비치**  이제 내 차례로군! (소리 내어) 여러분, 내

생각에 편지가 좀 긴 것 같습니다. 이런 쓰레기 같은 걸 다 읽을 필요는 없을 듯합니다만.

**루카 루키치** 안됩니다!

**우체국장** 안됩니다, 계속 읽으세요!

**아르테미 필립포비치** 안되지요, 계속 읽으세요!

**코로브킨** (계속 읽는다.) '재판소장 랴프킨-탸프킨은 최고의 모베통*이네…….' (멈춘다.) 프랑스어임이 분명해요.

**암모스 표도로비치** 그게 무슨 말인지 누가 알겠어요! 사기꾼 정도라면 모르겠는데, 더 나쁜 듯일 수도 있지요.

**코로브킨** (계속 읽는다.) '아무튼, 손님을 후하게 대접하는 선량한 사람들이네. 잘 있게, 친구. 나도 자네처럼 문학을 하고 싶다네. 이렇게 사는 건 지루해. 영혼을 위한 양식을 원하네. 뭔가 고상한 일을 하고 싶어. 사라토프 현으로 답장을 보내 주게. 그러면 포드카틸로프카 마을에 있는 우리 집으로 전해 줄 거야. (편지를 뒤집어 주소를 읽는다.) 상트 페테르부르크, 포치탐스카야 거리 97번지, 마당 안으로 돌아서 3층 오른쪽, 이반 바실리예비치 트랴피치킨 귀하.'

**부인들 중 한 명** 이런 날벼락이 있나!

**시장** 당했어, 완전히 당했어! 망했어, 망했다고, 완전히 망한

---

\* 'mauvais ton'. 야비한 악취미를 가진 사람을 뜻하는 프랑스어 - 역주

거야! 아무것도 안 보여. 사람 얼굴이 아니라 돼지 낯짝만 보여, 더 이상은 아무것도……. 잡아 와, 그놈을 잡아! (손을 흔든다.)

**우체국장** 어떻게 잡아옵니까! 역참지기한테 제일 좋은 삼두마차를 내주라고 명령을 했는데요. 악마에게 홀려서 그런 명령을 내린 게 틀림없어요.

**코로브킨의 아내** 그런 게 틀림없어요. 정말 말도 안 되는 일이예요!

**암모스 표도로비치** 그건 그렇고, 빌어먹을! 그 놈이 나한테 300루블을 꿔 갔어요!

**아르테미 필립포비치** 나한테서도 300루블을 꿔 갔는데!

**우체국장** (한숨을 쉬며) 아! 나도 300루블을 꿔 줬어요.

**보브친스키** 표트르 이바노비치와 저도 65루블을 빌려줬어요.

**암모스 표도로비치** (두 팔을 벌린 채 어쩔 줄 모른다.) 여러분, 어떻게 이런 일이? 어떻게 이런 일이 있을 수가! 우리가 당한 겁니까?

**시장** (자기 이마를 친다.) 어떻게 내가……. 아니, 어떻게 이 내가……. 늙은 머저리 같으니! 멍청한 놈, 노망이 났나! 30년을 근무해 오면서 상인이건 청부업자건 누구도 나를 속이지 못했는데. 사기꾼 위의 사기꾼들을 속여 넘기고 온 세상을 속일 자세가 된 그런 교활한 놈들에게 사기를 쳤는데. 세 명의 현지사를 속여 넘겼다고!... 현지사 말이야! (손을 흔든다.) 현지사 얘기는 지금 뭐하러…….

**안나 안드레예브나** 안토샤, 그럴 리가 없어요. 그분은 마센카*와 약혼 했잖아요…….

**시장** (분노하며) 약혼이라고! 약혼 좋아하시네! 지금 내 앞에서 약혼이라는 말이 나와! (격하게) 보시오, 봐, 온 세상이여, 온 기독교 왕국이여, 어떻게 시장이 머저리가 되었는지 모두 보란 말이오! 바보, 얼간이, 늙은 악당! (자기 자신에게 주먹을 휘두른다.) 아휴, 이런 주먹코! 하찮은 걸레 같은 놈을 고위 관리로 착각하다니! 가는 내내 그놈이 탄 마차는 방울을 울리겠지! 온 세상 방방곡곡 우리 이야기를 떠벌리겠지. 웃음거리가 되는 것도 시간문제야. 삼류 작가나 엉터리 화가라도 만나면 코미디 주인공이 되는 거지. 더 열통 터지는 게 뭔 줄 아나? 관리라거나 귀족이라고 봐줄 턱이 없지. 모두가 이빨을 드러내며 좋다고 손뼉을 치겠지. 뭐가 그리 우스워? 당신들 스스로를 비웃고 계시는구먼! 아휴! (악의에 차 두 발을 탕탕 구른다.) 그 삼류 작가들을 모두 혼

---

* 마리야의 애칭 - 역주

내줘야 하는데! 엉터리 화가들, 저주 받을 자유주의자들! 망할 종자들! 밧줄로 너희들을 꽁꽁 묶어서 박살을 내버렸으면! (주먹을 내밀며 발뒤꿈치로 바닥을 쿵쿵 구른다. 얼마간 침묵한 후) 아직까지도 정신을 차릴 수가 없네. 정말이지 하느님께서 벌을 내릴 때에는 우선 이성을 빼앗는다더니 사실이군. 그렇게 경박한 놈이 어떻게 감찰관일 수가 있단 말인가? 전혀 닮지 않았어! 손톱만큼도 닮은 구석이 없는데 뜬금없이 모두가 감찰관이라니! 감찰관! 제일 먼저 그자가 감찰관이라고 말한 인사가 누구지? 대답해 보시오!

**아르테미 필립포비치** (두 팔을 벌리며) 어떻게 이런 일이 일어났는지 정말 모르겠군요. 안개에 홀린 겁니다. 악마가 장난친 거예요.

**암모스 표도로비치** 도대체 누가 입을 놀린 겁니까? 네? 아, 바로 이분들이시군요! (도브친스키와 보브친스키를 가리킨다.)

**보브친스키** 맹세코 저는 아닙니다! 그런 건 생각지도 않았어요……

**도브친스키** 나는 아무 말도, 절대로……

**아르테미 필립포비치** 물론 이 두 사람이 확실합니다.

**루카 루키치** 당연하죠. 미친 사람들처럼 여관에서 뛰어오더

니 '왔어요, 왔어. 돈도 내지 않고…….'하고 호들갑을
떨었지요. 대단한 고위 관리를 찾아내셨습니다!

**시장** 그렇지, 당신들이고말고! 온 동네 수다쟁이, 저주받을
거짓말쟁이들 같으니!

**아르테미 필립포비치** 당신네들 감찰관과 그 헛소리랑 함께
썩 꺼져 버려!

**시장** 허구한 날 온 도시를 돌아다니며 사람들을 혼란에 빠
트리기나 하는 저주받을 수다쟁이들! 뜬소문이나 퍼
뜨리는 참새들!

**암모스 표도로비치** 저주받을 악당들!

**루카 루키치** 멍청이들!

**아르테미 필립포비치** 쭈그렁밤송이 같은 인간들!


**모두 두 사람을 둘러싼다.**


**보브친스키** 맹세코 제가 아닙니다. 표트르 이바노비치가 그
런 겁니다.

**도브친스키** 에이, 아니에요. 표트르 이바노비치, 당신이 먼
저 그랬잖습니까…….

**보브친스키** 그건 아니지요. 처음 말한 건 당신이지요.

# 마지막 장

### 같은 인물, 헌병.

**헌병** 중요한 명령을 받고 페테르부르크에서 오신 관리께서 지금 당장 여러분들을 불러오라고 하셨습니다. 그분 은 지금 여관에 계십니다.

헌병의 말에 벼락이라도 맞은 듯이 모두가 충격을 받는다.
경악에 찬 외침이 부인들의 입에서 동시에 터져 나온다.
모두 한 순간에 자세를 바꾼 후 돌처럼 굳어 버린다.


# 무언의 장면

시장은 고개를 뒤로 젖히고 양손을 크게 벌린 채 돌기둥 처럼 방 가운데 서 있다. 그의 오른 편에는 아내와 딸이 시장 을 향해 달려들 듯 서 있다. 그 뒤로 물음표 모양으로 선 우 체국장이 관객을 향하고 있다. 그 뒤로 가장 순진무구한 모 양으로 어찌할 바를 모르는 루카 루키치가 서 있다. 그의 뒤, 무대 가장 구석에 세 명의 부인들과 손님들이 시장 가족을 향해 비난하는 표정을 지은 채 서로 기대 서 있다. 시장의 왼편에는 제믈랴니카가 무언가에 귀를 기울이는 듯 얼굴을 약간 옆으로 기울인 채 서 있다. 그 뒤로는 재판소장이 두 팔을 엉거주춤 펼친 채 땅에 닿을 듯 앉아서 휘파람을 불거나 '이런, 성 유리의 날이네요, 할머니!'하고 말하려는 듯 입술을 움직이고 있다. 그 뒤로 실눈을 뜨고 신랄한 표정으로 시장을 쳐다보는 코로브킨이 관객을 향해 서 있다. 그 뒤로 무대 가장 구석에 서로를 바라보며 눈을 부릅뜨고 입을 벌린 채 서로 손을 내밀고 있는 도브친스키와 보브친스키가 서 있다. 나머지 손님들은 그저 돌처럼 서 있다. 거의 90초간 돌처럼 굳은 자세를 유지한다. 막이 내린다.

# 고골에 대하여

"고골은 우리 문학에 새로운 요소를 가
져다주었고 수많은 모방자를 낳았으며,
이 사회에 소설이 해야 할 역할이 무엇
인지를 성찰하도록 만들었다. 러시아
문학의 새 시대는 고골에서 시작된다."

(V.G.벨린스키)

니콜라이 바실리예비치 고골(1809-1851)은 러시아의
소설가이자, 극작가이며 시인이자 비평가이다. 그는 러시아
사회의 속물성과 관료주의를 풍자한 작가이며 인간의 영혼
에 문학이 끼치는 영향을 굳게 믿었던 미학적 유토피아주의
자였다. 러시아 문학에서 고골은 '자연파'의 창시자로 낭만주
의에서 사실주의로의 이행기에 러시아 산문 발전에 주도적
역할을 하였다. 고골은 러시아 문학뿐만 아니라 세계 문학에
도 큰 영향을 미쳤는데, 표도르 도스토예프스키, 미하일 불
가코프, 류노스케 아쿠타가와, 프란츠 카프카 등과 같은 작
가들이 고골의 영향을 인정하였다.

고골은 현재 우크라이나의 폴타바 지역에서 태어났
다. 이야기 솜씨가 좋았고 연극에 관심이 있어 가내 극장용

희곡을 썼던 아버지 바실리 고골과 신앙심이 매우 깊어 광신적 신비주의에 빠지기도 했던 어머니 마리야 고골의 아들로 태어났다. 극장에 대한 아버지의 관심과 종교에 대한 어머니의 믿음은 이후 고골의 삶과 예술에 가장 중요한 두 가지 유산으로 남게 된다. 우크라이나의 풍부한 전통 문화 속에서 성장한 고골은 어린 시절부터 글쓰기에 재능을 보였다.

"아름다운 일을 하나도 하지 못하고 그래서 내 이름을 남기지 못하고 티끌로 사라질 운명이라는 생각이 들면 식은땀이 난다. 세상에 태어났음에도 내 존재를 알리지 못한다면 너무나 끔찍하다."

그의 나이 18세의 기록이다. 고골은 10살의 나이에 중등학교에 입학하지만 학교생활에 그다지 만족하지 못하고 친구들과의 동아리 활동에 더 힘을 쏟았다. 이 시기 고골은 서정시, 서사시, 단편 소설 등을 쓰기 시작하면서 문학에 대한 재능을 갈고 닦았으며 한편으로는 연극에 열정적으로 몰두하였다. 특히 그는 희곡에서 자신의 능력이 가장 크게 발휘된다는 사실을 이때 깨닫게 된다. 이렇게 학업을 마친 고골은 1828년 김나지움을 졸업하고 세상에 '이름을 남기는' 존재가 되기 위해 당시 러시아의 수도인 페테르부르크로 떠나게 된다.

1828년 12월 페테르부르크에 도착한 고골은 변변한 직업을 얻지 못하였다. 1829년 고골은 시 〈이탈리아〉를 써서 무명으로 잡지 《조국의 아들》에 투고하였는데 이 시가 잡지에 게재되었다. 이에 문학가로서의 재능을 확신하게 된 고골은 알로프라는 필명으로 첫 장시(長詩) 《간츠 퀘헬가르텐》(1829)을 출판한다. 그리스에 대한 꿈을 위해 사랑을 저버린 청년을 그린 그의 첫 데뷔작은 그러나 대중과 비평계의 주목을 받지 못한 채 철저하게 실패한다. 그는 장시를 소각하고 러시아를 완전히 떠날 생각으로 유럽행 배에 오르지만 독일에서 심경의 변화를 일으켜 다시 러시아로 돌아오게 된다. 이후 1831년까지 연극배우에서부터 가장 낮은 등급인 14등관으로 관청에 근무하는 등 여러 직업을 전전하였으나 수도의 생활은 그에게 좌절만을 안겨 주었다.

"일반적으로 도시에는 그곳 사람들의 일정한 특징이 반영되고 사람들은 그 나라의 특성을 지니게 마련인데 페테르부르크는 특성이 없어요. 이주해 온 외국인들이 이곳을 삶의 터전으로 삼고 살면 전혀 외국인처럼 보이지 않는데 반해, 러시아인들이 외국인처럼 변해서 이도저도 아니게 되어버린 실정이에요. 도시에 깔린 정적은 놀라울 정도랍니다. 사람들에게서 조금도 생기를 찾아 볼 수 없어요. 다들 사무원이거나 관공서 직원들이죠……. 모든 것이 억눌려 있고 나태하며 하찮은 일에 빠져 있어요."

1829년 4월 30일 어머니에게 보내는 편지의 일부이다. 풍운의 꿈을 안고 수도에 온 고골은 도시의 화려함 뒤에 감추어진 페테르부르크 사람들의 영혼의 빈곤함에 놀란다. 전혀 러시아적이지 않은 사람들의 외양과 욕망, 이들의 정신적 빈곤함을 부추기는 수도의 부조리함은 고골의 삶과 예술에 깊은 그림자를 만들어낸다. 이때의 하급관리의 경험이 이후 〈외투〉등과 같은 작품에 생생히 반영되었다.

이 시기 고골은 바실리 주코프스키, 표트르 플레트뇨프, 알렉산드르 푸시킨 등과 같은 당대의 저명한 작가와 교제하면서 이들의 조언에 따라 진지한 작품 활동을 시작하게 된다. 문학이 사람들의 영혼에 미치는 영향에 매료된 고골은 인간의 윤리의식을 고양시키는 도구인 문학의 신성한 책무를 지켜야한다는 일종의 종교적 사명감을 발전시키게 된다.

고골이 작가로서 인정을 받게 된 것은 우크라이나의 전설과 민담을 바탕으로 한 환상적 이야기 《디칸카 근교의 야화 1》(1831)이다. 작가의 고향인 폴타바 현의 미르고로드를 배경으로 우크라이나 농촌 주민들을 주인공으로 한 이 작품에는 일상과 신비주의적인 모티브가 혼합되어 있다. 이 작품으로 그는 푸시킨과 예브게니 바라틴스키, 이반 키레예프스키와 같은 시인들의 호평을 받게 되었다. 1832년 발행된 《디칸카 근교의 야화 2》도 성공을 거두게 되면서 그는 문단에 확실하게 이름을 알리게 되었고 푸시킨과도 자주 만나는 사이가 되었다. 1834년 상트 페테르부르크 대학교의 역사학부 조교수로 초빙된 고골은 낮에는 중세와 게르만족의 대이동을 강의하고 밤에는 우크라이나의 카자크 농민 반란사를 공부했다. 자유 시간은 모두 문학작품을 쓰는데 할애하였다.

　1835년 고골은 다양한 장르의 글을 모은 작품집 《아라베스크》를 발표하였다. 그 가운데 가장 인기를 끌었던 글은 푸시킨에 관한 내용이었는데, 작가는 푸시킨의 작품을 분석하며 그를 러시아 최고 민족 시인으로 추앙하였다. 《아라베스크》에는 소위 페테르부르크 이야기로 불리는 페테르부르크 배경의 작품 〈초상화〉, 〈광인 일기〉, 〈네프스키 대로〉가 수록되어 있다.* 《아라베스크》가 발표 된 지 한 달

---

* 고골의 페테르부르크 이야기는 언급된 3작품 외에도 〈코〉, 〈외투〉 등이 포함된다. 페테르부르크 이야기란 말 그대로 페테르부르크를 배경으로 벌어지는 이야기를 의미하는데, 이때 페테르부르크는 문학적 배경을 넘어서 작품에 현실/상상, 합리/부조리가 공존하는 신화적 공간으로서 형상화된다. 1703년 피터 대제의 지시로 늪지를 뭍으로 만든 도시 상트 페테르부르크. 중세적인 종교적 중심지였던 모스크바가 아니라 과학과 기술이 눈부시게 발전하고 있는 서유럽의 역사적 발전과정에 동참하고자 만든 계획의 도시. 자로 잰 듯 반

후 또 한 권의 작품집 《미르고로드》가 발표되었다. 이 작품은 《디칸카 근교의 야화》의 후속편에 해당하는 작품으로 〈구 기질의 지주들〉, 〈타라스 불바〉, 〈비이〉, 〈이반 이바노비치와 이반 니키포로비치가 싸운 이야기〉가 수록되어 있다. 이들 작품 모두 작가 고골에게 큰 성공을 안겨 줬다.

1835년 고골은 필생의 역작 《죽은 혼》을 쓰기 시작한다. 이 이야기는 푸시킨이 남부 유배시절에 전해들었던 도망 농노에 대한 흥미로운 이야기가 단초가 되었다. 19세기 초 지주의 가혹한 수탈을 견디지 못한 농노들이 베사라비아 지역(현재 몰도바)으로 도망을 쳤는데, 이들이 이 지역에서 죽

---

듯한 거리, 정부의 주택 견본을 따른 서구식 석조 주택, 영국식 공원에 프랑스식 정원들, 거리에 밝혀진 가스등이 일조량 적은 한낮의 대기를 밝히는 도시 페테르부르크. 하지만 도시 건립 초기 4개월 동안 징집된 2만 명의 노동자 중 절반이 사망하고, 이후 카프카즈와 시베리아에서 온 25만 명의 농노와 병사들이 숲을 개간하고 운하를 파고 도로를 만들고 궁정을 건설하는 가운데, 15만 명의 사상자가 발생한 '뼈로 지은 도시'. 일반 대중들이 "우리 황제께서 도시 전체를 건설하신 다음 그것을 땅 위에 내려 놓으셨소'라고 이야기할 정도로 당시 사람들에게는 인간이 만들었다기보다는 차라리 기적의 결과라고 믿는 것이 훨씬 더 설득력 있다고 여겨진 불가해한 도시. 신비와 환상, 기적과 안개가 일상화된 도시에 살아가는 평범한 사람들의 이야기가 바로 고골의 예술의 원동력이었다. 이 도시에서는 천신만고의 노력으로 장만한 외투를 한순간 강도당한 인물이 유령이 되어 외투를 걷으러 다녀도(〈외투〉), 코가 몸체에서 떨어져 나와 고위 관리의 제복을 입고 돌아다녀도(〈코〉) 하등 놀라울 것 없다. 도시 페테르부르크는 러시아 문학사에 푸시킨을 포함하여 고골, 도스토옙스키, 벨르이 등 많은 작가에게 영감을 주었으며 이른바 '페테르부르크 텍스트'로 자리 잡게 되었다.

은 자들의 이름을 사용하면서 '아무도 죽지 않는 마을'이 생겨나게 되었다. 죽은 사람들의 신분을 도망 농노에게 주면서 이 지역에는 공식적으로 수년간 사망자 신고가 한건도 없었다는 푸시킨의 이야기는 고골의 상상력을 자극하였다. 하지만 고골은 《죽은 혼》을 완성시키지 못하고 작업을 멈추었다. 이에 대해 고골은 다음과 같이 언급한다.

"내 첫 작품들에서 사람들이 주목했던 유쾌함은 어떤 정신적인 필요 때문이었다. 나는 설명할 수 없는 우울감에 시달렸는데, 아마도 나의 병적인 상태 때문이었을 것이다. 나 자신을 즐겁게 만들기 위해서 나는 생각할 수 있는 모든 재미있는 것을 고안해내기 시작했다."

1835년 가을에 고골은 강단을 떠난다. 그는 전업 작가의 길을 선택하였고 희곡을 쓰기 시작했다. 이때도 그는 푸시킨의 조언을 구하는데 푸시킨은 고위관리를 사칭했던 어느 인물의 이야기를 고골에게 해준다. 이 이야기가 희극 〈감찰관〉의 시작이 되었다. 작은 소도시에 황제가 파견한 감찰관으로 오해 받게 된 허풍쟁이 주인공의 활약으로 도시의 유력인사들이 속아 넘어가는 이야기로 러시아 사회의 부정과 부패, 탐욕과 무지를 폭로하는 소동극이다.

1836년 고골은 〈감찰관〉을 완성하여 어렵게 황제의 허락을 받아 무대에 올리게 되었다. 당시 검열을 통과하지 못한 작품은 무대에 오를 수 없었기 때문이다. 1836년 5월 황제 니콜라이 1세와 그의 아들이자 미래의 황제 알렉산드르가 초연을 관람하였다. 공연이 마음에 들었던 황제는 장관들에게도 반드시 연극을 관람할 것을 명했다. 그러나 고골의 기대와 달리 비평가들과 관객들의 반응은 그리 좋지 않았다.

"모두가 나를 반대한다. 상인도 반대, 문학가들도 반대. 욕을 하며 연극을 보러온다. …… 만일 군주의 높으신 보호가 없었더라면 내 희곡은 결코 무대 위에 올라가지 못했을 것이다."

관객의 반응에 크게 실망한 고골은 러시아를 떠난다. 그는 친구에게 보내는 한 편지에 자신이 예술가이자 예언자로서 인정받지 못하는 점을 한탄하고 자신의 작품을 이해하지 못하는 문학계를 원망하고 있다.

"나는 외국으로 가겠네. 거기서 동포들이 매일 내게 짐지우던 고뇌를 떨쳐 버리려네. 예언자는 조국에서 존경받지 못하지."

고골은 1841년까지 이탈리아에 머물면서 3부작으로 계획된 《죽은 혼》 제 1부를 완성한다. 1부에서는 러시아를 돌아다니며 지주들에게 죽은 농노의 서류를 사들이는 주인공 치치코프의 모험을 그린다. 〈감찰관〉에서와 같이 《죽은 혼》 1부에는 동시대 러시아의 도덕적 타락, 탐욕과 무지 및 관료주의 등 온갖 악덕이 펼쳐진다. 부정적 주인공의 사기 행각으로 현실 세계의 일그러진 민낯이 완전히 드러난 후 2부에서는 이제 주인공이 도덕적으로 재탄생하는 과정이 그려질 차례였다. 단테의 〈신곡〉의 주인공처럼 사기꾼 치치코프가 모험의 과정에서 변화를 겪고 갱생하여 정신적으로 부활하는 이야기로 계획된 것이다. 고골은 이 부활의 과정을 통해 궁극적으로는 러시아, 러시아인 전체의 정신적 부활을 제시하려는 담대한 목적을 가지고 있었다. 작품 속 "러시아여, 너는 어디로 가느냐?"는 바로 이러한 고골의 이상을 표현한 질문으로 아직까지도 러시아인들의 마음 속에 의미심장하게 자리 잡고 있다.

1842년에 고골은 또 하나의 대표작인 중편 〈외투〉를 발표하였다. 페테르부르크의 가난한 하급관리 아카키 아카키예비치 바시마치킨의 비극을 다룬 이 작품은 러시아 문학사에서 "우리 모두는 〈외투〉에서 나왔다."는 평가를 받으며 휴머니즘 문학의 전통을 만들어냈다. 주인공은 하루 종일 서류를 필사하는 가난한 하급관리이다. 어느 겨울 주인공은 외투가 다 헤어져 새 외투가 필요하게 된다. 아카키는 새 외루를 장만할 돈을 모으기 위해 늘 마시던 차도 끊고 집에서는 가운만 입은 채 생활한다. 그러나 마침내 새 외투를 장만한 그날 강도를 당해 외투를 빼앗긴 주인공은 그 충격으로 사망하게 된다. 당대 최고의 비평가 비사리온 벨린스키는 이 작품을 일컬어 관료 계급의 위선과 부패상을 풍자하고, 모욕받고 상처 입은 자들에 대한 동정과 연민을 불러일으키는, 인본주의의 선언문 혹은 박애주의 문학의 효시라고 지적하였다. 러시아 문학사에 '작은 인간'*이라는 인간형의 모범으로 평가받는 〈외투〉의 주인공은 이후 도스토옙스키(〈가난한 사람들〉)와 안톤 체호프(〈관리의 죽음〉)과 같은 대가의 작품에서도 변주되어 흥미롭게 등장한다.

1842년에 다시 외국으로 떠난 고골은 그곳에서《죽은 혼》의 2부를 집필하지만 치치코프의 갱생이라는 긍정적 이야기는 만족스럽게 구체화되지 않았다. 이에 정신적 위기를

---

* 사회적 계급 구조에서 하층을 차지하며 이러한 상황으로 인해 특정한 심리와 이와 관련된 사회적 행동(불평등으로 인해 상처받은 자존심과 결합된 비굴함, 소심함)을 취하는 인물. 벨린스키의 논문 〈지혜의 슬픔〉(1840)에 처음 등장한 개념으로 1830-1850년대 가난한 관리에 대한 중편 형식으로 발전하였다. 이러한 고골을 추종하여 러시아 문단에 '자연파'가 등장하였고 이는 러시아 사실주의를 선도하는 중요한 흐름이 되었다

겪은 고골은 1845년에 2부 원고를 모두 불에 태운다.

이후 고골은 문학작품이 아닌 종교적이며 도덕적 주제를 다룬 에세이 《친구와의 왕복서한》(1847)을 세상에 내놓는다. 이 에세이는 이제까지 독자들이 알지 못했던 고골의 사상을 그대로 드러내어 사회적으로 큰 파장을 불러 일으켰다. 러시아의 운명을 개척하고 영성을 회복하기 위해서 강력한 차르의 힘이 필요하다는 고골의 주장은 동시대 비평계와 독자들에게 심대한 충격을 주었다. 러시아 사회에서 소외되고 억압받는 이들을 그려내었던 고골의 작품들이 동시대에 문학을 통해 사회적 모순과 부조리를 해소하고자 했던 러시아 지식인들의 찬사를 받았던 만큼 《친구와의 왕복서한》은 전제주의를 옹호하고 반지성적인 종교성의 주장을 이유로 더 큰 비난과 비판을 받아야했다.

1849년 고골은 러시아로 귀국하여 《죽은 혼》 2부 집필을 다시 시도하지만 성공하지 못했다. 고골에게 《죽은 혼》은 단순한 예술작품이 아니라 필생의 원고, '새로운 복음서'에 가까웠다. 그것은 러시아와 인류와 그 자신을 변화시켜야 하는 작품이었던 것이다. 1852년 2월 고골은 스스로 곡기를 끊고 절필한다. 2월 어느 밤 고골은 자신의 모든 원고를 불태우고 열흘 후 사망한다.

# \<감찰관\>에 대하여

　　고골은 고향 우크라이나의 일상과 풍속을 묘사하는 재능 있는 희극 작가로 활동을 시작하였다. 하지만 고골은 문학작품의 엄청난 힘과 작가로서의 역할과 임무를 깊이 깨닫기 시작했다. 동시대 최고 작가였던 알렉산드르 푸시킨이나 미하일 레르몬토프와 달리 고골은 작가의 역할을 예술적 차원으로 한정하지 않았다. 고골은 19세기 러시아 문학의 고유한 특징인 '시인-예언자' 형상에 몰두하였다. 러시아 사회의 이정표가 되어 어둠을 밝히고 그 사회가 나아갈 바를 비춰줄 등불이자 예언자로서의 작가. 1825년 니콜라이 1세 황제는 자신의 즉위식을 기점으로 반란을 꾀한 청년귀족들의 행동에 충격을 받고 청년들의 자유사상을 말살하기 위해 검열국을 신설하고 대학에서는 철학을 금지하였다. 이에 사회적으로 의미있는 중대한 문제를 다루는 공론의 장으로 등장하게 된 것이 바로 문학이었다. 당대 러시아 최고의 지성들은 문학으로 모여들게 되었다. 러시아 사회에서 문학이 차지하는 특별한 위상을 의미하는 '문학중심주의'라는 개념이 등장하게 된 것이다. 문학은 언제나 '문학 그 이상'이 되어야 했던 러시아 사회에서 작가는 예술적 활동을 하는 창작자이기 전에 그 사회의 구성원으로서 권리와 의무를 가진 시민으로서의 역할을 부여받았다. 시인-예언자로서의 형상은 정도의 차이는 있지만 나름의 방식으로 러시아 작가들의 삶과 예술에 반영되었다. 19세기 러시아 문학에서 고골은 이 문제를 가장 깊게 인지하고 이로 인해 가장 비극적으로 生을 마감한 인물이었다. 〈감찰관〉은 작가 고골에게 러시아인에게 영혼의 불을 밝혀 그들을 도덕적으로 변모시키기 위한 작품으로 기획된 최초의 작품이었다.

19세기 러시아의 대표적 극작가인 오스트롭스키는 "드라마는 다른 문학예술 장르보다 시민에게 더 가깝다. 잡지는 수천 명이 보는 정도에 그치지만 연극은 수십만이 본다."고 언급한 바 있다. 고골은 연극이라는 장르가 가지고 있는 사회적 힘을 분명 이해하고 있었다. 아버지 덕분에 어린 시절부터 연극에 관심을 두고 배우가 싶었던 적이 있을 만큼 그는 연극에 깊이 몰두하였다. 〈감찰관〉은 《아라베스크》와 《미르고로드》의 성공 이후 자신의 문학적 역량을 확신한 작가가 연극의 장르적 잠재력을 이용하여 러시아인인들의 영혼에 직접적이고 광범위한 영향을 미치길 기대한 작품이었다. 이렇게 탄생한 〈감찰관〉은 러시아 연극사를 감찰관 이전과 감찰관 이후로 나누는 기준이 된다.

〈감찰관〉(1836)은 러시아 지방의 소도시를 프리즘으로 하여 러시아 사회 전체를 조망하고자 하는 작가의 의도에 반영된 작품이다. 제 낯짝 비뚤어진 줄 모르고 거울만 탓한다.'는 제사(題詞)에서도 알 수 있듯이 거울 속에 훤히 드러나는 사회의 어두운 지점들은 다른 무엇도 아닌 거울이 비추는 세계 자체의 모습이라는 사실을 독자와 관객들에게 상기시키고 있다.

"나는 〈감찰관〉에서 당시 내가 알던 러시아의 어두운 면들을 한군데에 모아 제시하고 싶었다. 그곳에서 벌어지는 부정들, 사람에게 그 무엇보다 정의가 필요한 상황들, 그것에 대고 한바탕 웃어대고 싶었다."

〈감찰관〉은 한 도시에서 일어나는 일회적인 우연한 사건이 아니라 러시아 전체의 어두운 면들을 총체적으로 보여주는 작품이다. 니콜라이 1세 시대(1825-1855)의 공포정치와 검열제도 하에서는 황제의 허락 없이는 어떠한 간행물도 공식적으로 출판되지 못했다. 출판 감독권은 교육부의 중앙 검열국의 소관이었으나 실제 검열권은 황제 직속인 소위 '제 3부'에 있었다. 황제의 특명으로 파견된 감찰관은 이름만으로도 몹시 위협적이었다. 그렇기 때문에 감찰관을 참칭 혹은 사칭하는 일이 적지 않았다. 노브고로드 지방을 여행하던 중 그곳 유지들이 자신을 검찰관으로 오인한 일화를 푸시킨으로부터 소개받은 고골은 이 이야기를 줄거리로 〈감찰관〉을 집필하게 된다. 이름만으로도 우는 아이의 울음을 멎게 한다는 공포의 상징, 감찰관이 비리로 얼룩진 모 도시에 등장한다는 소문으로 이 희극은 시작된다.

전체 5막으로 구성된 〈감찰관〉의 내용은 다음과 같다.

### 1막

수도의 14등관, 관청의 말단 서기 흘레스타코프라는 인물이 하인 오시프와 함께 아버지의 영지 사라토프로 가는 길에 작은 소도시에 머물게 된다. 이곳에서 그는 카드놀이에 돈을 크게 잃어서 숙박비도 치르지 못하게 되면서 그곳을 떠나지도 못하고 있다. 이때 시장인 안톤 안토노비치 스크보즈니크-드무하놉스키는 페테르부르크에서 익명의 감찰관이 오고 있다는 사실을 알게 되었다. 시장의 집에 지역사회의 주요 인사들이 모여 감찰관의 방문에 어떻게 대비할 것인지를 논의하는 중, 지역의 지주인 도브친스키와 보브친스키로부터 감찰관의 도착 소식을 듣게 된다. 이들은 우연히 한 여관에서 숙박비를 내지 않고 있는 흘레스타코프라는 인물을 발견하고 이 인물이 바로 감찰관이라고 생각하고는 사람들에게 이 소식을 전한다. 감찰관이 도착했다는 소식에 크게 놀란 인물들은 자신의 죄를 감추기 위해서 전전긍긍하고 이들의 우두머리인 시장은 손수 감찰관을 보러 가기로 한다.

## 2막

흘레스타코프는 돈이 없어 여관 주인과 하인으로부터도 무시를 당하며 끼니조차 해결할 수 없는 곤란에 처해 있다. 이때 시장이 등장하자 흘레스타코프는 여관주인이 자신을 무전취식으로 고발했다고 생각하고 온갖 거짓말들을 늘어놓는다. 그러나 시장은 흘레스타코프가 암행감찰관이라고 생각하여 겁에 질리지만 이내 그에게 뇌물을 주어 앞으로 있을 수 있는 문제들을 사전에 예방하려고 한다. 흘레스타코프는 시장이 선량하고 친절한 시민이라 그에게 선행을 베푼다고 오해하고 그에게서 받은 돈은 빌린 돈이라고 생각한다. 그러나 반대로 시장은 공공연하게 뇌물을 받지 않기 위해 빌리는 형식으로 뇌물을 받는다고 생각한다. 시장은 그가 매우 약삭빠른 인물이라 더욱 두려워하게 된다. 실상 흘레스타코프는 나이브한 천성에 따라 극히 솔직하게 행동한 것뿐이었다. 감찰관을 더 융숭하게 대접해야겠다고 생각한 시장은 흘레스타코프에게 도시의 여러 기관을 둘러볼 것을 제안하고 흘레스타코프도 이를 승낙한다.

## 3막

시장의 집에서 베푼 거나한 대접에 한껏 허세가 든 흘레스타코프는 시장의 아내인 안나 안드레예브나와 시장의 딸 마리야 안토노브나를 '꼬시기로' 한다. 흘레스타코프는 있지도 않은 자신의 지위를 자랑하며 거들먹거린다. 그리고 브람베우스 남작이라는 필명으로 오페라를 작곡하기도 했으며 각종 유명 문학작품들을 들먹이며 자신이 그 작품들의 진짜 작가라고 거짓말을 한다. 그의 거짓말에 안나 안드레예브나와 마리야 안토노브나는 속아 넘어간다.

## 4막

다음날 지역의 저명인사들은 흘레스타코프에게 뇌물을 바치기 위해 줄을 선다. 흘레스타코프는 사라토프 집에 돌아가는 대로 빚을 갚겠다며 관리들에게 처음에는 조심스럽게 돈을 부탁하였으나 나중에는 당당하게 요구하기 시작한다. 뒤이어 시장의 악행을 고소하려고 돈이 아닌 현물(포도주와 설탕)을 들고 상인들이 흘레스타코프를 찾아오게 된다. 이제야 흘레스타코프는 사람들이 자신에게 빌려준 돈이 뇌물임을 깨닫게 된다. 흘레스타코프는 그것이 뇌물이라면 절대 받지 않겠다고 하지만 영리한 하인 오시프는 돈도 현물도 모두 받아 챙긴다. 이후 흘레스타코프는 시장의 아내와 딸 모두에게 갖은 말로 수작을 건다. 결국 흘레스타코프는 시장의 딸에게 청혼을 하고 시장 내외의 승낙을 받아낸다. 하인은 이 모든 일이 곧 발각될 것이니 그전에 서둘러 떠나야한다고 주인에게 충고한다. 떠나기 전에 흘레스타코프는 자신이 벌인 사기 행각에 속아 넘어간 아둔한 인사들을 조롱하는 이야기를 쓴 편지를 문학가인 친구 트랴피치킨에게 보낸다.

## 5막

시장과 저명인사들은 뇌물로 모든 일이 잘 해결되었다고 생각한다. 더구나 고위 인사를 사위로 들이게 되었다고 생각하는 시장은 페테르부르크로 가서 살게 될 화려한 미래를 꿈꾼다. 자신을 고소하려했던 시장 상인들을 위협해 딸의 결혼에 쓸 물품들의 상납을 강제한다. 모두가 시장 가족의 행운을 축하하며 몰래 질투한다. 이때 갑자기 우체국장이 나타나고 자신이 흘레스타코프의 편지를 열어본 사실을 알리며 편지의 내용을 폭로한다. 이 편지로 흘레스타코프는 절대로 감찰관이 아니라는 사실이 밝혀진다. 속임수에 넘어간 사람들이 경악하는 와중에 진짜 감찰관이 도시에 도착했다는 소식이 전해지고 모두 놀라 돌처럼 굳어버린다. 이후 무언의 장이 90초간 이어진다.

지방 소도시에 정부로부터 지방의 규율과 질서를 감

찰하러 파견된 감찰관이 도착한다는 소문이 퍼지면서 시장, 판사, 병원 원장, 교육감 등과 같은 지역의 고위 인사들은 자신의 비리를 감추기에 급급하다. 자선 병원 원장인 아르테미 필리포비치 제믈랴니카는 러시아어라고는 한마디도 못하는 의사를 고용하고 환자에게 값비싼 약은 쓰지 않으면서 살 사람은 살고 죽을 사람은 죽게 마련이니 모든 게 운명일 뿐이라고 변명을 늘어놓는다. 그는 혹시나 관리가 소홀하다거나 의사가 무능하다는 지적을 받을까 두려워 환자를 강제로 퇴원시켜 환자의 수를 줄이는 걸로 위기를 모면하려고 한다. 판사 암모스 표도로비치 랴프킨-탸프킨은 '솔로몬도 무엇이 진실이고 무엇이 거짓인지는 모를 거'라며 법원 일에는 전혀 관심이 없고 법원에서 가축을 기르고 뇌물 받는 것을 당당하게 여기는 인물이다. 법원에는 감찰관도 관심을 가지지 않을 거라고 모두들 판사를 부러워한다. 교육감 루카 루키치 흘로포프는 자유사상이 의심되는 일에는 촉각을 곤두세우지만 학생들의 올바른 교육에는 전혀 관심이 없는 인물이다. 얼굴 표정으로도 자유사상을 의심받을 수 있다며 그런 말이 나오지 않도록 선생들로 하여금 교육에 성심을 다하지 않게 하겠다고 다짐한다. 특히 이 희극의 대표적 악한인 시장은 평소 상인들에게 뇌물을 받고 무고한 사람에게 채찍질을 일삼으며 자신의 말을 듣지 않는 상인들의 집에는 병영을 차리는 등 갖은 악행을 일삼는 인물이다. 감찰관의 암행 방문 대비를 진두지휘하는 시장은 자신이 그래왔듯 뇌물로 문제를 해결하려 한다.

소도시의 온갖 악덕을 우연히 폭로하게 되는 인물이 바로 〈감찰관〉의 주인공 흘레스타코프이다. 페테르부르크의 어느 관청의 14등관 말단 서기인 23세의 흘레스타코프는 거짓말쟁이에 경박한 인간이다. 그는 자신이 거짓말을 하면서도 그것을 거짓으로 느끼지 못할 정도로 자기기만과 허세로 가득 찬 속물이다. 이 인물에서 부끄러움은 조금도 없이 자기 과시적이며 과장된 거짓말을 일삼는 인물을 뜻하는 부정적인 용어인 '흘레스타코프 기질'라는 말이 생겨났다.

사실 흘레스타코프의 정체를 파악하는 것은 건강한 상식을 가진 사람이라면 어려운 일이 아니었다. 그의 말과 행동에는 지나칠 수 없는 거짓의 요소들이 너무나 많았고 심지어 시장의 딸에게 그의 거짓말이 들통 날 뻔하였다. 하지만 이 도시의 그 누구도 그가 감찰관이 아닐 수 있다고 생각하지 못했다. 그것은 바로 국가 관료주의 시스템이 만들어내는 공포 때문이었다. 공포를 통한 통제를 원동력으로 삼는 사회에서 소도시의 유력인사들은 보다 큰 권력 앞에서는 그저 두려움에 사로잡힌 다른 통제의 대상일 뿐이었다. 밀고와 무고한 처벌이 빈번한 사회에서 공포심은 구성원들로 하여

금 자발적으로 그 사회 시스템의 일원으로 살아가도록 강제
한다.

　고골의 희곡 전체 사건의 원동력도 바로 공포다. 암행
감찰관의 등장에 대한 소문만으로 사람들은 공포에 떨며 흘
레스타코프의 진실과는 상관없이 그를 감찰관이라 단정하게
되면서 사건이 벌어지게 된다. 흘레스타코프는 분명 돈을 빌
리겠다고 하지만 시장을 포함한 사람들은 당연이 이것이 뇌
물을 요구하는 것으로 이해하며 적극적으로 그에게 돈을 바
친다. 이 과정에서 흘레스타코프는 본의 아니게 도시의 악덕
을 하나하나 폭로하는 긍정적 역할을 하게 된다.

　고골이 그려내는 도시는 일관되게 계급적이다. 도시
제일 하단에 시민과 상인이, 그 위에 관리와 지주가 그리고
제일 정점에 시장이 있다. 여성 또한 예외는 아니어서 제일
상층에는 시장의 아내와 딸이, 그 아래에는 다른 관리의 아
내와 딸이 위치하며 가장 밑에는 실수로 채찍을 맞은 하사관
의 아내와 자물쇠공의 아내가 있다. 가장 낮은 계급에서 최
상위 계급으로 피라미드 구조로 되어있는 소도시의 형상은
전체 러시아 사회의 축소판이다.

　〈감찰관〉의 또 하나의 특징은 악의 응징 혹은 선의
승리와 같은 도덕적 결말이 희곡 안에 없다는 사실이다. 이
는 희곡 전체가 긍정적인 인물이 없이 부정적인 인물들로만

채워진다는 사실과 연관이 있다. 부정적인 주인공에 의해 주요 인물들의 무지와 탐욕, 부정이 폭로될 뿐, 그러한 악행에 대한 어떠한 응징이나 처벌도 이루어지지 않는다. 극의 결말에 진짜 감찰관이 등장하지만 이 사실만으로는 어떠한 조처가 이루어질지, 정의가 실현될지 관객은 전혀 알 수 없다. 그런 면에서 〈감찰관〉은 열린 결말 구조라고 볼 수도 있다. 그러나 더욱 의미심장한 사실은 드라마의 마지막 5장의 결말이 드라마의 1막의 시작 상황을 반복하고 있다는 점이다. 즉 감찰관의 등장을 알리는 장면으로 시작된 시장 집에서의 상황과 결말에서 진짜 감찰관의 등장을 알리는 시장 집에서의 상황이 반복되는 것처럼 보인다. 마치 뱀이 자신의 꼬리를 물 듯 폐쇄된 원형의 구조는 발단-전개-절정-결말이라는 고전적 드라마의 선적인 구조와 확연하게 차이가 난다. 이러한 폐쇄 구조는 러시아 문학사에서 기념비적인 마지막 '무언의 장면'으로 강화된다. 이 무언의 장에서 등장인물들은 경악과 공포에 돌처럼 굳어진 채 서 있고, 이를 바라보는 독자들은 90초 동안 무대 위에서 지나온 시간과 앞으로의 시간을 추측하게 만든다. 그리고 여태까지 무대를 바라보며 인물들이 속고 속임을 당하는 장면을 보고 웃음을 터뜨렸던 독자들은 시장의 말처럼 "당신들 스스로를 비웃고" 있다는 것을 깨닫게 된다.

〈감찰관〉의 초연은 희곡 완성 후 6개월 지난 매우 빠른 시점에서 모스크바와 상트 페테르부르크의 극장에서 거의 동시에 공연되었다. 흥미로운 것은 첫 공연이 끝나고 삼 개월 후 초연을 한 알렉산드린스키 극장에서 고골의 5막 희곡에 〈진짜 감찰관〉이라는 제목의 3막이 더해진 8막 구성의 연극이 무대 위에 올려졌다.* 이 무대에서 '진짜 감찰관' 프로보도프는 양심적이며 사심 없이 공무를 집행하는 인물로 등장한다. 그는 흘레스타코프를 포함하여 악행을 저지른 모든 인사들을 처벌하고 심지어 불명예를 씻도록 시장의 딸인 마리야 안토노브타와 결혼을 한다. 원작에서는 무대 바깥에 존재하여 폭넓게 해석할 여지를 주었던 '진짜 감찰관'의 의미는 대폭 축소되었다. 이러한 선명한 완성형 결말은 죄에 대한 응징이 필수적이었던 고전적인 희극 전통에로의 회귀를 의미하였다. 그러나 이 새로운 결말의 희곡은 몇 차례 공연 후 무대에서 사라지게 되었다. 원작 〈감찰관〉은 이후 성공적인 무대를 거듭하며 러시아 연극사를 상징하는 작품으로 자리 잡았다

---

* 연구 결과 '진짜 감찰관'의 이야기인 총 3막의 희곡은 조지아의 관리이자 군인이었던 치치시빌리 공후였다는 것이 1984년 밝혀졌다.

# 감찰관

**초판 1쇄 인쇄** 2022년 9월 30일

**지은이** 니콜라이 고골
**옮긴이** 최진희
**편  집** 강완구
**펴낸이** 강완구
**펴낸곳** 써네스트
**디자인** S 디자인

**출판등록** | 2005년 7월 13일 제 2017-000293호

**주  소** | 서울시 마포구 망원로 94, 2층 203호

**전  화** | 02-332-9384        **팩  스** | 0303-0006-9384

**이메일** | sunestbooks@yahoo.co.kr

**ISBN** | 979-11-90631--56-3 (03890)    값 10,000원

2022ⓒ최진희